全民英語能力分級檢定測驗
中級英語檢定複試測驗 ① 詳解

寫作能力測驗

一、中譯英

　　小時候，我常常在星期日的早晨陪媽媽上菜市場。在市場你可以看到各種商品，你也可以聽到人們討價還價，以及小販大聲招攬顧客的聲音。市場裡總是生氣勃勃的。過了一兩個小時後，媽媽就會買一些零嘴給我吃。老實說，我真的很喜歡上市場。在市場裡，總是有新的事物可以觀看和學習。

When I was a kid, I used to accompany my mother to the market on Sunday mornings. You can see a wide variety of goods in the market. You can also hear the sounds of people haggling over a price and vendors calling out to customers. The market is always lively. After an hour or two, my mother would buy some snacks for me to eat. Frankly speaking, I really like going to the market. In the market, there are always new things to see and learn.

* ***used to*** 以前常常　　accompany〔əˈkʌmpənɪ〕*v.* 陪伴

market〔ˈmɑrkɪt〕*n.* 市場　　variety〔vəˈraɪətɪ〕*n.* 種類；多樣性

a variety of 各式各樣的　　***a wide variety of*** 很多各式各樣的

goods〔gʊdz〕*n. pl.* 商品　　haggle〔ˈhæg!〕*v.* 討價還價

vendor〔ˈvɛndɚ〕*n.* 小販　　***call out to*** 向…呼叫

lively〔ˈlaɪvlɪ〕*adj.* 生氣勃勃的；熱鬧的

snack〔snæk〕*n.* 零食；點心　　frankly〔ˈfræŋklɪ〕*adv.* 坦白地

frankly speaking 坦白說；老實說

二、英文作文

How to Get Over a Cold

The common cold is just that—common. Most people will catch one or two colds every year. ***Therefore***, it is important to know how to deal with one. The following is some advice on how to get over a cold.

First of all, it is important to take plenty of rest and have lots of liquids. A cold is not a serious disease, but it does make us weaker. If we do not take care of ourselves, we might catch something more serious. ***Second***, we can try some over-the-counter remedies. They won't cure our cold, but they will make us feel better. *Finally*, we simply have to wait. *As the saying goes*, "Treat a cold and it will last seven days; don't treat it and it will last a week."

No one likes to catch a cold, but sometimes they are unavoidable. In order to get over one, we need to take care of ourselves until we recover our health. To be kind, we should also avoid others as much as possible. *That way*, they won't have to worry about how to get over a cold, too.

* *get over* 克服；從～恢復 (= *recover from*)
cold〔kold〕*n.* 感冒   *common cold* 一般流行感冒
catch〔kætʃ〕*v.* 感染
deal with 對付；應付；處理 (= *cope with* = *handle*)
advice〔əd'vaɪs〕*n.* 建議；勸告   *plenty of* 許多的
liquid〔'lɪkwɪd〕*n.* 液體；流質   *take care of* 照顧
counter〔'kaʊntə〕*n.* 櫃檯
over-the-counter *adj.* 非醫生處方的
remedy〔'rɛmədɪ〕*n.* 治療法   cure〔kjʊr〕*v.* 治癒；治療
saying〔'seɪŋ〕*n.* 諺語；名言
As the saying goes, … 俗話說…   treat〔trit〕*v.* 治療
last〔læst〕*v.* 持續；持續存在
unavoidable〔ˌʌnə'vɔɪdəbl̩〕*adj.* 無法避免的
in order to V. 爲了   recover〔rɪ'kʌvə〕*v.* 恢復
avoid〔ə'vɔɪd〕*v.* 避開   *as much as possible* 儘可能
that way 那樣一來

口說能力測驗

第一部份：朗讀短文

從小，我們大多數人都被教導說「要做好每件值得做的事情」。如果今天我們被問說是否仍然認同這種說法，許多人都會回答是。妥善完成的工作相較於沒做好的工作，自然會比較受人喜歡。要看出一個人為何不喜歡重做一件已經被做好的事，也是十分容易的，特別是如果所需的時間結合起來比最初正確地做好的時間還多時。

> ** be worth V-ing* 值得~   statement ('stetmənt) *n.* 敘述
> *prefer* A *to* B 喜歡 A 甚於 B   redo (ri'du) *v.* 重做
> combine (kəm'baɪn) *v.* 結合
> involve (ɪn'vɑlv) *v.* 需要
> require (rɪ'kwaɪr) *v.* 需要   right (raɪt) *adv.* 正確地
> *in the first place* 當初；最初

*　　　　*　　　　*

在華盛頓的市中心，靠近在國會大廈到白宮的路程中間，矗立著兩棟有歷史性的建築——福特劇院以及林肯去世的屋子。1865 年四月十四號的傍晚，林肯在福特劇院被約翰‧威爾克斯‧布思射殺。隔天清早，這位總統便去世於彼德森住所，就在劇院正對面。亞伯拉罕‧林肯的死亡正如他的一生，深刻地影響了我國的民間傳奇以及歷史。對於我們及全世界，他就象徵著一名平凡男子所能達到的極致。福特劇院以及彼德森住所能帶參訪者重回美國南北戰爭時期的日子，以及我們國家最悲傷的一夜。

* downtown〔'daʊn'taʊn〕*adj.* 市中心的
　　midway〔'mɪd,we〕*adv.* 在中途
　　Capitol〔'kæpət!〕*n.* 國會大廈
　　the White House 白宮（美國總統官邸）
　　stand〔stænd〕*v.* 矗立著　　　historic〔hɪs'tɔrɪk〕*adv.* 有歷史性的
　　theatre〔'θɪətɚ〕*n.* 戲院
　　shoot〔ʃut〕*v.* 射殺（三態變化爲：shoot-shot-shot）
　　John Wilkes Booth〔'dʒɑn 'wɪlks 'buθ〕*n.* 約翰・威爾克斯・布思
　　directly〔də'rɛktlɪ〕*adv.* 直接地；正好
　　across〔ə'krɔs〕*prep.* 在～對面
　　directly across the street from 在…的正對面
　　folklore〔'fok,lor〕*n.* 民間傳說　　symbol〔'sɪmb!〕*n.* 象徵
　　world〔wɝld〕*n.* 世界；領域
　　heights〔haɪts〕*n. pl.* 高處；頂峰；極限
　　civil〔'sɪv!〕*adj.* 國內的；公民的
　　the Civil War （美國）南北戰爭

第二部份：回答問題

問題 1：　你今天早上有運動嗎？爲什麼有或爲什麼沒有？

【回答範例】　是的，我有。

　　　　　　我每天早上都會運動。

　　　　　　運動是我日常生活的一部份。

　　　　　　運動給我活力。

　　　　　　運動讓我感覺很好。

　　　　　　運動是一件很健康的事。

　　　　* daily〔'delɪ〕*adj.* 日常的；每天的
　　　　　routine〔ru'tin〕*n.* 例行公事
　　　　　energy〔'ɛnɚdʒɪ〕*n.* 活力
　　　　　healthy〔'hɛlθɪ〕*adj.* 健康的

問題 2： 昨天的天氣如何？你喜歡昨天的天氣嗎？

【回答範例】 昨天天氣很好。

昨天的天氣超棒的。

昨天一整天都很晴朗且陽光普照。

天氣很完美。

氣溫剛剛好。

昨天眞是個舒服的一天。

* fantastic〔fæn'tæstɪk〕*adj.* 極好的
  clear〔klɪr〕*adj.* 晴朗的
  sunny〔'sʌnɪ〕*adj.* 陽光普照的
  perfect〔'pɜfɪkt〕*adj.* 完美的
  temperature〔'tɛmprətʃə〕*n.* 溫度　 ***just right*** 剛剛好

問題 3： 你最近會買任何新衣服嗎？為什麼會，或為什麼
　　　 不會？

【回答範例】 是的，我會。

我計畫要去購物。

我這個週末要去大購物中心。

我需要一些新鞋。

我需要一些上學穿的衣服。

我必須向我的父母要錢。

* ***go shopping*** 去購物　　 mall〔mɔl〕*n.* 購物中心
  ask sb. for sth. 向某人要求某物

問題4：　**通常你什麼時候會搭公車，什麼時候會搭計程車？**

【回答範例】　我通常搭公車上學。

我通常和朋友一起搭公車。

我只有在特定的時候才會搭計程車。

當我遲到時我會搭計程車。

如果我在趕時間我會搭計程車。

如果天氣不好我會搭計程車。

* normally〔'nɔrmḷɪ〕*adv.* 通常
  certain〔'sɝtṇ〕*adj.* 某些
  situation〔ˌsɪtʃu'eʃən〕*n.* 情況
  in a hurry 匆忙；趕時間

問題5：　**你通常多久會熬一次夜？爲什麼你要熬夜？**

【回答範例】　我每天都熬夜。

我喜歡晚上的時間。

我真的是夜貓族。

熬夜的時間是學習的最佳時機。

我真的在 K 書。

我挑燈夜戰。

* ***stay up*** 熬夜　　hours〔aurz〕*n. pl.* 時間
  owl〔aul〕*n.* 貓頭鷹　　***night owl*** 夜貓子；晚睡的人
  hit the books K 書
  burn the midnight oil 熬夜；開夜車

問題6：　**你覺得你下個生日會收到任何禮物嗎？爲什麼會或**
爲什麼不會？

【回答範例】 我知道我會。

我的朋友從來都不會忘記。

我的家人從來都不會讓我失望。

我一定都會收到一些禮物。

每個人都很慷慨。

每個人都想表示他們很在乎。

* **let sb. down** 使某人失望 (= *disappoint sb.*)
generous〔'dʒɛnərəs〕*adj.* 慷慨的；大方的
care〔kɛr〕*v.* 在乎

問題 7： 父母要做什麼才能防止他們的小孩看太多電視？

【回答範例】 父母有很多事可以做。

父母可以定規矩。

父母可以設定觀看時間的限制。

他們可以要求生活有紀律。

他們可以鼓勵從事更健康的活動。

他們可以花更多時間陪他們的孩子。

* set〔sɛt〕*v.* 設定　　limit〔'lɪmɪt〕*n.* 限制
impose〔ɪm'poz〕*v.* 強加；施行
discipline〔'dɪsəplɪn〕*n.* 紀律；訓練
encourage〔ɪn'kɝɪdʒ〕*v.* 鼓勵

問題 8： 請問這個測驗比你預期中的難或簡單？請說明。

【回答範例】 這個測驗簡單的多。

易如反掌。

並沒有如我想像中的難。

有些部分太過容易。

有些部分眞的很簡單。

感謝老天我多準備了。

* *a piece of cake* 容易之事　　tough〔 tʌf 〕*adj.* 困難的
area〔 ˈɛrɪə 〕*n.* 地區；地方
over-prepare〔 ˌovəprɪˈpɛr 〕*v.* 過度準備

問題 9： **如果你可以到英國或美國留學，你會比較想去哪裡？**
爲什麼？

【回答範例】 我會比較想去美國。

我在那裡有親戚和朋友。

我在美國會感覺更自在。

我會選擇美國。

美式英語比較多采多姿。

美式英語學起來更有趣。

* prefer〔 prɪˈfɝ 〕*v.* 比較喜歡
relative〔 ˈrɛlətɪv 〕*n.* 親戚　　fun〔 fʌn 〕*adj.* 有趣的
colorful〔 ˈkʌləfəl 〕*adj.* 多采多姿的

問題 10： **你以前有用過電腦嗎？使用電腦的有哪些好處及**
壞處？

【回答範例】 有的，我當然有。

我常常都在用電腦。

我很喜歡上網以及傳電子郵件給我的朋友。

電腦在做研究時是很理想的工具。

電腦是很棒的娛樂。

唯一的壞處就是它會浪費很多時間。

* advantage〔əd'væntɪdʒ〕*n.* 優點
  disadvantage〔͵dɪsəd'væntɪdʒ〕*n.* 缺點
  surf the Web 上網；瀏覽網站（＝*surf the Internet*）
  ideal〔aɪ'diəl〕*adj.* 理想的
  research〔'risɜtʃ〕*n.* 研究
  entertainment〔͵ɛntɚ'tenmənt〕*n.* 娛樂

第三部份：看圖敘述

電腦教室裡的人對於打電腦打到厭倦了。他們決定做一些好玩的事。他們接上了幾支麥克風，並在電腦上安裝了一個 KTV 的程式。接著他們選了幾首歌唱了起來。

在這張圖片中，我們可以看出他們分成兩組唱歌：一組有三個人，而另一組則是兩個人。不論他們唱得好或唱得不好，他們那天都玩得很愉快。

* ***a couple of*** 幾個；數個（＝*several*）   ***be tired of*** 厭倦
  have fun 玩得愉快（＝*have a good time*）
  hook up 安裝；接上
  microphone〔'maɪkrə͵fon〕*n.* 麥克風
  load〔lod〕*v.* 裝上   program〔'progræm〕*n.* 程式；節目
  matter〔'mætɚ〕*v.* 重要   awful〔'ɔful〕*adj.* 糟糕的

全民英語能力分級檢定測驗
中級英語檢定複試測驗 ② 詳解

寫作能力測驗

一、中譯英

英文諺語說:「天助自助者。」這句話說明了自助的重要性。換句話說,我們做事不可以依賴他人。如果一個人什麼事都依賴他人,他自己就不會努力工作,如果他不夠努力,又怎麼會成功呢?因此,我們必須用自己的力量來達成我們的目標。最後的勝利一定是屬於我們的。

An English proverb says, "God helps those who help themselves." This sentence illustrates the importance of self-help. In other words, we must not depend on others when doing things. If a person depends on others for everything, he will not work hard himself. If he does not work hard enough, how can he succeed? Therefore, we must use our own strength to achieve our goals. The final victory will definitely belong to us.

* proverb〔ˈprɑvɝb〕 *n.* 諺語　　illustrate〔ˈɪləˌstret〕 *v.* 說明
  self-help〔ˌsɛlfˈhɛlp〕 *n.* 自助;自立
  in other words 換句話說　　*depend on* 依賴
  strength〔strɛŋθ〕 *n.* 力量　　achieve〔əˈtʃiv〕 *v.* 達成
  goal〔gol〕 *n.* 目標　　victory〔ˈvɪktrɪ〕 *n.* 勝利
  definitely〔ˈdɛfənɪtlɪ〕 *adv.* 一定;必定　　*belong to* 屬於

二、英文作文

A Visit to the Zoo

Last week my class paid a visit to the zoo. We were all excited about the trip because we thought it would be fun to spend the day with the animals. Before we left for the zoo, we discussed what we wanted to see. The zoo is such a big place that we knew we would not have time to see everything. My friends and I chose to see the primates first.

When we got to the primate house we were surprised to see a long line of people. It just so happened that one of the gorillas had recently given birth. It was now possible to see the baby gorilla. We thought it was worth the wait, so we got in line. While waiting, we read some information about mountain gorillas. We were surprised to learn that this animal is in danger of extinction.

When we finally saw the mother gorilla and her baby, we were amazed. This large and powerful animal was so gentle. I am very happy that we had the chance to see them. I am also grateful that the zoo provides a place for them to live safely.

* ***pay a visit to*** 去參觀　　***leave for*** 前往
primate (ˈpraɪmɪt) *n.* 靈長類動物
house (haʊz) *n.* (飼養動物的) 棚；籠；窩　　line (laɪn) *n.* 隊伍
gorilla (gəˈrɪlə) *n.* 大猩猩　　recently (ˈrisn̩tlɪ) *adv.* 最近
give birth 生產　　wait (wet) *n.* 等待　　***get in line*** 排隊
learn (lɜn) *v.* 得知　　***be in danger of*** 有～危險
extinction (ɪkˈstɪŋkʃən) *n.* 絕種
amazed (əˈmezd) *adj.* 驚訝的 (= *surprised*)
powerful (ˈpaʊəfəl) *adj.* 強有力的
gentle (ˈdʒɛntl̩) *adj.* 溫和的　　grateful (ˈgretfəl) *adj.* 感激的

口説能力測驗

第一部份：朗讀短文

　　我非常喜歡我的工作。每天我都有很多的機會和不同的人見面和談話。很多人會問我問題，而我則給他們必要的資訊。我努力去幫助別人。我總是很清楚地報出樓層位置，而我也不停地到處移動。大多數的男人在我的電梯內都會脫掉帽子，有時我必須告訴乘客熄掉他們的香菸。有些人會對我微笑，而有些只是對我視而不見。事實上，我的生活可以形容成是一連串的「上上」「下下」。

> * ***call out*** 叫喊；大聲說出　　floor〔flor〕*n.* 樓層
> constantly〔ˈkɑnstəntlɪ〕*adv.* 不斷地　　***on the move*** 移動中
> ***take off*** 脫掉　　car〔kɑr〕*n.*（電梯的）機廂
> passenger〔ˈpæsn̩dʒɚ〕*n.* 乘客　　***put out*** 熄滅
> ignore〔ɪgˈnor〕*v.* 忽視　　***in fact*** 事實上
> describe〔dɪˈskraɪb〕*v.* 描述；形容
> ***consist of*** 由⋯組成
> ***a series of*** 一連串的

　　　　　　　　*　　　　　　*　　　　　　*

　　我們大多了解我們對於壓力的反應失控的後果。百分之四十三的成人，因為壓力而嚴重影響其健康。大多數人去看醫生都是為了和壓力相關的症狀與疾病。壓力也與六大主要死因有關聯——心臟病、癌症、肺病、意外、肝病，以及自殺。目前，醫療支出占了國內生產毛額的百分之十二。

> * reaction〔rɪˈækʃən〕*n.* 反應 < *to* >
> stress〔strɛs〕*n.* 壓力（= *pressure*）　　　　suffer〔ˈsʌfɚ〕*v.* 遭受

terrible〔ˈtɛrəbl〕adj. 可怕的；嚴重的

effect〔ɪˈfɛkt〕n. 影響

physician〔fəˈzɪʃən〕n. 醫生

office〔ˈɔfɪs〕n. 診所

visit〔ˈvɪzɪt〕n. 就診　　related〔rɪˈletɪd〕adj. 有關的

complaint〔kəmˈplent〕n. 疾病

link〔lɪŋk〕v. 連結　　**be linked to** 與～有關

leading〔ˈlidɪŋ〕adj. 主要的　　**cause of death** 死因

cancer〔ˈkænsɚ〕n. 癌症　　lung〔lʌŋ〕n. 肺

liver〔ˈlɪvɚ〕n. 肝臟　　suicide〔ˈsuəˌsaɪd〕n. 自殺

currently〔ˈkɝəntlɪ〕adv. 目前　　**health care** 醫療

account for 佔～（比例、數量等）

gross〔gros〕adj. 總共的

domestic〔dəˈmɛstɪk〕adj. 國內的

gross domestic product 國內生產毛額（= GDP）

第二部份：回答問題

問題 1：　你的家人多久會出去吃一頓飯？

【回答範例】　我們很少到外面吃！

我們每個人都有不同的時間表。

我們要找到時間一起出去吃飯很困難。

大多數的時間我們都在家吃。

有時候我們會叫外送。

我們只有在特定的日子才會出去吃。

* **eat out** 外出用餐　　schedule〔ˈskɛdʒul〕n. 時間表

order〔ˈɔrdɚ〕v. 點菜；訂購

delivery〔dɪˈlɪvərɪ〕n. 遞送

occasion〔əˈkeʒən〕n. 場合；時候；特別的大事

問題 2： 你昨晚有看電視嗎？爲什麼有看，或爲什麼沒看？

【回答範例】 當然，我有看電視。

我總是會看新聞轉播。

我喜歡對國內及國外的新聞保持了解。

電視能使我放鬆。

它使我很輕鬆。

它也能使我了解最近發生什麼事。

* broadcast〔ˋbrɔd͵kæst〕*n.* 廣播
  abreast〔əˋbrɛst〕*adv.* 並列地
  stay abreast of 不落後；與…並駕齊驅
  domestic〔dəˋmɛstɪk〕*adj.* 國內的
  relax〔rɪˋlæks〕*v.* 使放鬆　　put〔put〕*v.* 使
  at ease 輕鬆地；悠閒地
  up to date 不落後；切合目前的情況

問題 3： 你上個星期有幫你父母做家事嗎？爲什麼有或爲
什麼沒有？

【回答範例】 有的，我有幫忙我的父母。

我總是會做每週的家事。

我總是幫忙做家裡的清掃工作。

我的父母都很忙。

我們小孩會和他們一起分擔家務。

我們想要減輕他們的負擔。

* ***help around the house*** 幫忙家務
  weekly〔ˋwiklɪ〕*adj.* 每週的

　　　　　　　　　chores〔tʃɔrz〕 *n. pl.* 雜事
　　　　　　　　　housecleaning〔'haʊs,klinɪŋ〕 *n.* 家庭清掃工作
　　　　　　　　　share〔ʃɛr〕 *v.* 分擔　　housework〔'haʊs,wɜk〕 *n.* 家事
　　　　　　　　　lighten〔'laɪtn̩〕 *v.* 減輕　　load〔lod〕 *n.* 負擔

問題 4：　你上回看的電影如何？你喜歡嗎？

【回答範例】　它是一部很好的作品。
　　　　　　　　它每一分鐘的內容都很豐富有趣。
　　　　　　　　故事情節開展得很好。

　　　　　　　　它從頭到尾都很刺激。
　　　　　　　　我非常喜歡這部電影。
　　　　　　　　看這場電影花的每一分錢都很值得！

　　* production〔prə'dʌkʃən〕 *n.* 製作
　　　action-packed〔'ækʃən,pækt〕 *adj.* (電影) 內容豐富有趣的
　　　plot〔plɑt〕 *n.* 劇情
　　　well-developed〔'wɛldɪ'vɛləpt〕 *adj.* 制定得很完善的
　　　thrilling〔'θrɪlɪŋ〕 *adj.* 刺激的
　　　from beginning to end 從頭到尾
　　　penny〔'pɛnɪ〕 *n.* 一分錢 (= *cent*)

問題 5：　你這個暑假計畫做什麼？請說明。

【回答範例】　我的父母正在計畫一場旅行。
　　　　　　　　我們可能會出國旅行。
　　　　　　　　我們可能會在海外度過兩週。

　　　　　　　　此外，我打算去打工。

我想賺些零用錢。

我也會去補習班學習英文。

* abroad (ə'brɔd) *adv.* 到國外
  overseas ('ovə'siz) *adv.* 在國外
  part-time ('pɑrt,taım) *adj.* 兼差的
  pocket money 零用錢　　***cram school*** 補習班

問題 6 :　你多久會和朋友或同學出去一次 ?

【回答範例】我們常常一起出去。

我們會定期出去。

我們喜歡一起吃東西、聊天,以及逛街瀏覽櫥窗。

我們有時會一起討論功課。

有時我們只是在閒晃,什麼也沒做。

我喜歡和我的朋友在一起。

* regular ('rɛgjələ) *adj.* 定期的
  on a regular basis 定期地 (= *regularly*)
  snack (snæk) *v.* 吃東西　　chat (tʃæt) *v.* 聊天
  window-shop ('wındo,ʃɑp) *v.* 逛街瀏覽櫥窗
  other times 有時　　***fool around*** 閒混;虛度光陰
  hang out 閒混;在一起

問題 7 :　你有和外國人講過話嗎 ? 你感覺如何 ?

【回答範例】有,我有過。

我曾和外國人聊過幾次天。

我認為這很有趣而且刺激。

起初我十分緊張。

我很怕會出錯。

不久之後，我的擔心就消失了。

* **a couple of** 幾個 (= several)
 nervous 〔'nɜvəs 〕adj. 緊張的　　**at first** 起初
 soon after 不久之後　　worry 〔'wɜɪ 〕n. 擔心
 disappear 〔,dɪsə'pɪr 〕v. 消失

問題 8： 如果你可以許一個願望，你的願望是什麼，爲什麼？

【回答範例】 我會祈求世界和平。

我會希望不要再有戰爭。

我想要終止所有的暴力行爲和恐怖主義。

我希望每個人都能和諧地生活。

我想要所有的人都有兄弟情誼。

每個人都應該被平等且公平地對待。

* **wish for + N.** 希望得到~　　peace 〔 pis 〕n. 和平
 terminate 〔'tɜmə,net 〕v. 終結
 violence 〔'vaɪələns 〕n. 暴力
 terrorism 〔'tɛrə,rɪzəm 〕n. 恐怖主義；恐怖行爲
 harmony 〔'hɑrmənɪ 〕n. 和諧
 demand 〔 dɪ'mænd 〕v. 要求
 brotherhood 〔'brʌðə,hud 〕n. 手足情誼
 treat 〔 trit 〕v. 對待　　equally 〔'ikwəlɪ 〕adv. 平等地
 fairly 〔'fɛrlɪ 〕adv. 公平地

問題 9： 你認爲自己是個害羞的還是外向的人？請説明。

【回答範例】 我是兩者的融合。

我的個性比較複雜。

我是個很難了解的人。

有時候我既膽小又害羞。

有時候我很有衝勁而且強勢。

一切都取決於環境以及我和誰在一起。

* shy〔 ʃaɪ 〕 adj. 害羞的
  outgoing〔ˌaʊt'goɪŋ〕 adj. 外向的
  combination〔ˌkɑmbə'neʃən〕 n. 結合；綜合
  complex〔 kəm'plɛks 〕 adj. 複雜的 (= complicated)
  personality〔ˌpɝsn̩'ælətɪ〕 n. 個性
  tough〔 tʌf 〕 adj. 困難的；難纏的
  figure out 了解　　timid〔'tɪmɪd〕 adj. 膽小的
  bashful〔'bæʃfəl〕 adj. 害羞的
  assertive〔ə'sɝtɪv〕 adj. 有衝勁的
  forceful〔'forsfəl〕 adj. 強有力的；強勢的
  depend on 視…而定；取決於

問題 10： **如果你可以住在宿舍或和你的父母一起住，你會比較喜歡哪一個？為什麼？**

【回答範例】 我比較喜歡住宿舍。

我渴望獨立以及自由。

我想和同儕有更多互動。

住宿生活可以說是種挑戰。

我可以學習和他人合作以及相處。

我可以學習責任以及對他人的尊重。

* dormitory〔'dɔrmə,torɪ〕*n.* 宿舍（= *dorm*）
long for 渴望
independence〔,ɪndɪ'pɛndəns〕*n.* 獨立
interaction〔,ɪntə'ækʃən〕*n.* 互動 <*with*>
peer〔pɪr〕*n.* 同儕
something of a 可以說是；可以算得上；有點
challenge〔'tʃælɪndʒ〕*n.* 挑戰
cooperate〔ko'apə,ret〕*v.* 合作
get along with *sb.* 與某人相處

第三部份：看圖敘述

　　有些人來看那艘停泊在港口的高大
船隻。這種景象在城裡並不常見。其他
人只是很單純地在享受這美好的天氣。
他們沿著海邊散步運動，或是想在忙碌
的一整天當中，稍作休息。

* harbor〔'harbə〕*n.* 港口　　sunny〔'sʌnɪ〕*adj.* 晴朗的
in the distance 在遠方
boardwalk〔'bord,wɔk〕*n.* 海邊散步步道
anchor〔'æŋkə〕*v.* 下錨；停泊
unusual〔ʌn'juʒʊəl〕*adj.* 不尋常的；特別的
sight〔saɪt〕*n.* 景象　　stroll〔strol〕*v.* 散步；閒逛
along〔ə'lɔŋ〕*prep.* 沿著
waterfront〔'watə,frʌnt〕*n.* 水邊
take a break 休息一下
in the middle of 在～中間

全民英語能力分級檢定測驗
中級英語檢定複試測驗 ③ 詳解

寫作能力測驗

一、中譯英

時間的輪子不停地在轉動。無數的明天變成今天，今天又變成昨天。昨天是今天的殷鑑。如果昨天你失敗了，今天切莫灰心。你必須把你的失敗作為一種教訓，來改正自己，這對你是一種警告或鼓勵。今天是我們唯一能利用的時間，所以我們必須緊緊把握住。明天是希望的來源。如果沒有明天，人將沒有希望。由此可知，明天對我們是多麼地重要啊！

The wheel of time is revolving unceasingly Countless tomorrows have become todays, and todays yesterdays. Yesterday is the reminder of today. If you failed yesterday, don't be discouraged today. You must make your failure a lesson to correct yourself, which will be a warning or encouragement to you. Today is the only time that we can utilize, so we have to grasp it tightly. Tomorrow is the source of hope. If there were no tomorrow, man would have no hope. From this we know how important tomorrow is to us!

* wheel〔hwil〕*n.* 輪子　　revolve〔rɪ'vɑlv〕*v.* 旋轉
unceasingly〔ʌn'sisɪŋlɪ〕*adv.* 不停地
countless〔'kaʊntlɪs〕*adj.* 無數的
reminder〔rɪ'maɪndɚ〕*n.* 提醒的人或事物
discouraged〔dɪs'kɝɪdʒd〕*adj.* 氣餒的；沮喪的
lesson〔'lɛsn̩〕*n.* 教訓　　utilize〔'jutl̩,aɪz〕*v.* 利用
grasp〔græsp〕*v.* 抓住；把握住　　tightly〔'taɪtlɪ〕*adv.* 緊緊地
source〔sors〕*n.* 來源

二、英文作文

When I Feel Lonely

Modern people always appear to be in a terrible hurry and too busy to feel lonely. ***However***, behind this seemingly busy life, many people often feel a sense of emptiness and wonder what they really want.

When I feel lonely, the first ones I turn to are my family. Although we are busy with our respective duties in the daytime, we gather together in the evening as much as we can and we often have a nice chat over dinner. ***In addition***, I sometimes call up my best friends and we talk about whatever funny things we can think of, which can also eliminate my loneliness effectively. ***Occasionally***, I will ask my buddies to go out and do something together, such as play

basketball or tennis. The more active, the better. I find that

these sports are a good distraction.

I know how much my family and my friends care about

me and they are always there for me. With them around, I am

never really alone.

* lonely〔'lonlɪ〕*adj.* 寂寞的　　modern〔'mɑdən〕*adj.* 現代的

　appear〔ə'pɪr〕*v.* 似乎；看起來　　terrible〔'tɛrəbļ〕*adj.* 非常的

　seemingly〔'simɪŋlɪ〕*adv.* 表面上；看起來

　emptiness〔'ɛmptɪnɪs〕*n.* 空虛　　wonder〔'wʌndə〕*v.* 想知道

　turn to sb. 向某人求助

　respective〔rɪ'spɛktɪv〕*adj.* 各別的；各自的

　duty〔'djutɪ〕*n.* 職責　　***in the daytime*** 在白天

　gather〔'gæðə〕*v.* 聚集　　***as much as one can*** 儘可能

　chat〔tʃæt〕*v.* 聊天

　have a nice chat over dinner 邊吃晚餐邊好好聊天

　call up 打電話給　　funny〔'fʌnɪ〕*adj.* 好笑的

　eliminate〔ɪ'lɪmə,net〕*v.* 消除　　loneliness〔'lonlɪnɪs〕*n.* 寂寞

　effectively〔ə'fɛktɪvlɪ〕*adv.* 有效地

　occasionally〔ə'keʒənļɪ〕*adv.* 偶爾；有時候（= *sometimes*）

　buddy〔'bʌdɪ〕*n.* 哥兒們；兄弟；夥伴

　active〔'æktɪv〕*adj.* 活躍的；劇烈的

　distraction〔dɪ'strækʃən〕*n.* 使人分心的事物　　***care about*** 關心

　be there for sb. 準備幫助某人；準備安慰某人

　alone〔ə'lon〕*adj.* 獨自的；孤獨的

口說能力測驗

第一部份：朗讀短文

門口傳來敲門聲，原來是個約莫五歲的小男孩。他說他的某樣東西掉進了我的車庫，而他想拿回去。一打該車庫的門，我便發現兩件額外之物——一顆棒球以及一片有著約棒球大小破洞的玻璃。「你認為這顆球是如何進來這裡的？」我問他。看了一眼球，又看了一眼窗戶後，那個小男孩大聲地說：「哇！我一定是把球丟到剛好穿過那個洞。」

* knock〔nɑk〕n. 敲門（聲）
find one's way into 進入　　garage〔gəˊrɑʒ〕n. 車庫
upon + V-ing 一…就　　notice〔ˊnotɪs〕v. 注意到
addition〔əˊdɪʃən〕n. 多餘、額外之物
take one look at 看一眼
exclaim〔ɪkˊsklem〕v. 大聲說；大叫　　right〔raɪt〕adv. 正好

*　　　　　　*　　　　　　*

德雷莎修女到了天堂。「你餓了嗎？」上帝問她。德雷莎修女點了點頭。上帝提供了一些鮪魚三明治。在此同時，這位聖女向下看，便看到在地獄的貪吃者正狼吞虎嚥地吃著牛排、龍蝦，以及葡萄酒。隔天，上帝又邀請她一同用餐。又是鮪魚。而她又看到住在地獄的人正在大吃大喝。就在隔天另一罐鮪魚被打開的時候，德雷莎修女溫順地說：「我很感謝能在這裡和你在一起，作為我一生虔誠的報酬。但我不明白。為什麼我們吃的只是鮪魚跟麵包，而在另一處的人，卻是如國王般地大吃大喝。」上帝深深嘆了一口氣說：「你覺得為了兩個人煮飯值得嗎？」

* Mother〔'mʌðɚ〕n. 女修道院院長　　Teresa〔tə'risə〕n. 德蕾莎
Mother Teresa 德蕾莎修女　　heaven〔'hɛvən〕n. 天堂
thou〔ðaʊ〕pron.【古英文】你（= you）
Be thou hungry? 你會餓嗎（= Are you hungry?）
nod〔nɑd〕v. 點頭　　把…端上餐桌　　tuna〔'tunə〕n. 鮪魚
meanwhile〔'min,hwaɪl〕adv. 同時
sainted〔'sentɪd〕adj. 列入聖徒的；道德崇高的；被召入天國的
glutton〔'glʌtn̩〕n. 貪吃者　　hell〔hɛl〕n. 地獄
devour〔dɪ'vaʊr〕v. 狼吞虎嚥地吃
steak〔stek〕n. 牛排　　lobster〔'lɑbstɚ〕n. 龍蝦
wine〔waɪn〕n. 葡萄酒　　meal〔mil〕n. 一餐
resident〔'rɛzədənt〕n. 居民　　feast〔fist〕v. 大吃；飽餐
can〔kæn〕n. 罐子　　meekly〔'miklɪ〕adv. 溫順地
grateful〔'gretfəl〕adj. 感激的
reward〔rɪ'wɔrd〕n. 報酬 <for>
pious〔'paɪəs〕adj. 虔誠的；值得稱讚的
lead〔lid〕v. 過著（…生活）　　while〔hwaɪl〕conj. 然而
face it 面對現實　　sigh〔saɪ〕n. 嘆息
pay〔pe〕v. 值得；划得來

第二部份：回答問題

問題 1：　你的上個週末過得如何？你做了什麼？

【回答範例】　我度過了一個很棒的週末。
　　　　　　　上個星期六我睡到中午。
　　　　　　　下午我和朋友一起出門。

　　　　　　　我星期天在家有個家庭聚會。
　　　　　　　我所有的阿姨、叔叔和表堂兄弟姊妹都來我家。
　　　　　　　我們一起吃東西、聊天，並唱卡拉 OK。

　　　　　　　* **sleep in** 睡得晚　　reunion〔ri'junjən〕n. 團圓；聚會

cousin 〔ˈkʌzn̩〕 *n.* 表（堂）兄弟姊妹

chat 〔 tʃæt 〕 *v.* 聊天　　karaoke 〔ˌkɑrɑˈoke〕 *n.* 卡拉 OK

問題 2： 你曾經去泡過溫泉嗎？你覺得如何？

【回答範例】 有，我去過很多次。

我覺得泡溫泉很棒。

溫泉就是我所認爲的天堂。

溫泉水能使我的肌肉放鬆。

溫泉撫慰了我的靈魂。

每次我出來時都覺得像是重獲新生。

* spring 〔 sprɪŋ 〕 *n.* 泉水　　***hot spring*** 溫泉

heavenly 〔ˈhɛvənlɪ〕 *adj.* 天堂般的；極好的

my idea of 我所認爲的

paradise 〔ˈpærəˌdaɪs〕 *n.* 天堂；樂園

relax 〔 rɪˈlæks 〕 *v.* 放鬆　　muscle 〔ˈmʌsl̩〕 *n.* 肌肉

soothe 〔 suð 〕 *v.* 撫慰；緩和　　soul 〔 sol 〕 *n.* 靈魂

問題 3： 你喜歡漫畫書嗎？爲什麼喜歡，或爲什麼不喜歡？

【回答範例】 我非常喜歡漫畫。

小時候我會收集它們。

它們很幽默而且有趣。

那些卡通圖畫很可愛。

那些插圖的文字說明很聰明。

漫畫書十分有趣。

* ***comic books*** 漫畫書（ = *comics* ）

humorous 〔ˈhjumərəs〕 *adj.* 幽默的

amusing 〔 əˈmjuzɪŋ 〕 *adj.* 有趣的

cartoon 〔 karˈtun 〕 *n.* 卡通

drawing 〔ˈdrɔ·ɪŋ 〕 *n.* 圖畫　　cute 〔 kjut 〕 *adj.* 可愛的

caption〔ˈkæpʃən〕 n.（照片、插圖的）文字說明

be a lot of fun 很有趣

問題 4：你通常什麼時候會淋浴？什麼時候會泡澡？

【回答範例】 我通常每天都會淋浴。

它快速、方便，而且使人感覺很好。

它使我恢復精神並且能提神。

我通常週末泡澡。

我有更多的時間坐著並浸泡。

我喜歡在浴缸裡閱讀或伸展四肢。

* normally〔ˈnɔrmḷɪ〕 adv. 通常（ = *usually* ）

take a shower 淋浴　　***take a bath*** 洗澡；泡澡

feel〔fil〕 v. 使人感覺

refresh〔rɪˈfrɛʃ〕 v. 使提神；使恢復精神（ = *pick sb. up* ）

soak〔sok〕 v. 浸泡　　***stretch out*** 伸展四肢

tub〔tʌb〕 n. 浴缸（ = *bathtub* ）

問題 5：　你有說過善意的謊言嗎？為什麼有，或為什麼沒有？

【回答範例】 有，我說過。

有時候是無法避免的。

真相有時很傷人。

善意的謊言能夠保護無辜的人。

能夠安慰天真的孩子。

可以撫慰一顆受傷的心。

* ***tell a lie*** 說謊　　***white lie*** 善意的謊言

unavoidable〔ˌʌnəˈvɔɪdəbḷ〕 adj. 無法避免的

painful〔ˈpenfəl〕 adj. 痛苦的

innocent〔ˈɪnəsṇt〕 adj. 無辜的

the innocent 無辜的人（ = *innocent people* ）

　　　　　　comfort〔'kʌmfət〕v. 安慰
　　　　　　naïve〔nɑ'iv〕adj. 天眞的
　　　　　　console〔kən'sol〕v. 安慰（= comfort）

問題 6： 你最喜歡的顏色是什麼？你對它們有什麼感覺？

【回答範例】 我很喜歡天空藍。

　　　　　　這顏色很清爽而且令人放鬆。

　　　　　　它使我覺得像是一朵飄盪高空的雲。

　　　　　　此外，紅色很能激起我的熱情。

　　　　　　它顯得浪漫而且熱情。

　　　　　　它讓我想談場戀愛。

　　　　* cool〔kul〕adj. 涼爽的
　　　　　　relaxing〔rɪ'læksɪŋ〕adj. 令人放鬆的
　　　　　　float〔flot〕v. 飄浮　　　high〔haɪ〕adv. 高高地
　　　　　　fire sb. up 使某人激動（= *make sb. enthusiastic*）
　　　　　　romantic〔ro'mæntɪk〕adj. 浪漫的
　　　　　　passionate〔'pæʃənɪt〕adj. 熱情的　　*fall in love* 戀愛

問題 7： 學習英文是比你預期的更簡單還是更難？請説明
　　　　　　你的看法。

【回答範例】 兩者都有那麼一點點。

　　　　　　理解英文比我想像中簡單。

　　　　　　以英文溝通比我想像中難。

　　　　　　起初，我因爲進步緩慢而感到氣餒。

　　　　　　後來，我決定要堅持下去。

　　　　　　現在我有信心能夠精通英文。

　　　　* comprehend〔ˌkɑmprɪ'hɛnd〕v. 理解
　　　　　　discourage〔dɪ'skɝɪdʒ〕v. 使氣餒
　　　　　　progress〔'prɑgrɛs〕n. 進步

determined〔dɪˈtɜmɪnd〕*adj.* 堅決的
persevere〔ˌpɜsəˈvɪr〕*v.* 堅忍；不屈不撓
confident〔ˈkɑnfədənt〕*adj.* 有信心的
master〔ˈmæstə〕*v.* 精通

問題8： **你比較喜歡讀一本很棒的小説或是看一部很精彩的**
電影？請説明你的看法。

【回答範例】 我比較喜歡讀一本很棒的小説。
我喜歡運用我的想像力。
我喜歡在腦中創造一幅圖畫。

我可以按自己的步調享受小説。
我可以留著它並重複閱讀很多次。
比起電影，小説提供我的東西更多。

* imagination〔ɪˌmædʒəˈneʃən〕*n.* 想像力
　create〔krɪˈet〕*v.* 創造　　pace〔pes〕*n.* 步調
　time〔taɪm〕*n.* 次數　　offer〔ˈɔfə〕*v.* 提供

問題9： **你通常會做什麼來擺脫壞心情？**

【回答範例】 我通常會起來採取行動。
我不會老是有負面的想法。
我會播放音樂來忘掉那些不好的感受。

我有時會嘗試運動。
我也會去找好朋友。
把它說出來會讓我覺得舒服得多。

* *get out of* 擺脫　　mood〔mud〕*n.* 心情
　get up 站起來　　*take action* 採取行動
　dwell on 老是想著　　negative〔ˈnɛgətɪv〕*adj.* 負面的
　turn on 打開　　physical〔ˈfɪzɪkḷ〕*adj.* 身體的
　seek out 找出

問題 10： 如果你能成為某個領域的專家或成為一個通才，
你會選擇當哪一個？請說明你的看法。

【回答範例】 我會選擇成為一個通才。
我寧願當個多才多藝的人。
我寧願很多事都知道一點。

我想知道很多常識。
那樣我就可以和別人更有話聊。
也更能幫助我面對人生中的許多挑戰。

* expert〔ˈɛkspɝt〕*n.* 專家　　certain〔ˈsɝtn̩〕*adj.* 某個
field〔fild〕*n.* 領域
a Jack-of-all-trades 萬事通；博而不精者
would rather 寧願
well-rounded〔ˈwɛlˈraʊndɪd〕*adj.* 通才的；多才多藝的
general〔ˈdʒɛnərəl〕*adj.* 一般的；普遍的
challenge〔ˈtʃælɪndʒ〕*n.* 挑戰

第三部份：看圖敘述

有些人穿著傳統服飾並在舞台上
跳傳統舞蹈，觀眾聚集於台前並開心
地觀賞表演。大家都在這美好的一天
享受這一個慶祝活動。

* village〔ˈvɪlɪdʒ〕*n.* 鄉村
square〔skwɛr〕*n.* 廣場
stage〔stedʒ〕*n.* 舞台　　***set up*** 設立
bell tower 鐘樓　　celebrate〔ˈsɛləˌbret〕*v.* 慶祝
traditional〔trəˈdɪʃənl̩〕*adj.* 傳統的
do a dance 跳一個舞　　spectator〔ˈspɛktetɚ〕*n.* 觀眾
festival〔ˈfɛstəvl̩〕*n.* 節日；節慶

全民英語能力分級檢定測驗
中級英語檢定複試測驗 ④ 詳解

寫作能力測驗

一、中譯英

　　一談到出國旅遊，日本似乎是每個人優先考慮的國家。去年春天，我就去了日本，那裡到處都是盛開的櫻花。在他們的街道或者是公園裡，都找不到垃圾。我猜想，東京一定是世界上最乾淨的都市之一。我此行另外一件值得注意的事情，就是有關日本人自身的問題。他們的公德心和禮貌真是令人欽佩。跟日本人比起來，我們的國家還有很多地方要改進。

When it comes to traveling abroad, Japan seems to be everyone's top priority. Last spring I went to Japan and there were cherry blossoms in full bloom everywhere. There was no litter to be found in their streets and parks. I guess Tokyo must be one of the cleanest cities in the world. Another noteworthy thing about my visit concerned the Japanese themselves. Their public-mindedness and good manners are really admirable. In comparison with Japan, our country still has many things to improve.

* abroad〔ə'brɔd〕*adv.* 到國外

top〔tɑp〕*adj.* 最上面的；第一名的

priority〔praɪ'ɔrətɪ〕*n.* 優先之事   blossom〔'blɑsəm〕*n.* 花

cherry blossom 櫻花   *in full bloom* 盛開

litter〔'lɪtɚ〕*n.* 垃圾

noteworthy〔'not,wɝðɪ〕*adj.* 值得注意的

visit〔'vɪzɪt〕*n.* 遊覽   concern〔kən'sɝn〕*v.* 和…有關

public-mindedness〔,pʌblɪk'maɪndɪdnɪs〕*n.* 公德心

manners〔'mænəz〕*n. pl.* 禮貌

admirable〔'ædmərəbḷ〕*adj.* 令人欽佩的

comparison〔kəm'pɛrəsṇ〕*n.* 比較

in comparison with 和…相比   improve〔ɪm'pruv〕*v.* 改善

二、英文作文

An Experience of Helping Others

One day I was at the supermarket. I was in a hurry because I had only a few minutes to buy what I needed. In line ahead of me was an older woman with a full cart. It took a lot of time for the cashier to add up her purchases and even longer for the woman to pay for them.

Needless to say, I was very impatient. *When it was my turn*, I paid quickly and rushed out the door. I nearly ran into the same woman, who was struggling to carry four heavy bags. As we were walking in the same direction,

I felt I couldn't just ignore her, and so I offered to carry two of her bags. I had to walk a little slower than usual, *of course*, but it didn't take that long to reach her home. *In fact*, she lived very close to me. *On the way*, we had a nice chat and I began to relax.

　　After this experience, I felt happy because I had helped someone. I also learned that it is worth taking the time to care about others. I not only made a new friend, but also forgot my own troubles for a while. *From now on*, I will make an effort to help strangers as often as possible.

in a hurry 匆忙　　line〔laɪn〕*n.* 隊伍
ahead of 在…前面　　cart〔kɑrt〕*n.* 小型手推車
cashier〔kæ'ʃɪr〕*n.* 出納員　　*add up* 加總
purchase〔'pɝtʃəs〕*n.* 購買的東西　　*needless to say* 不用說
impatient〔ɪm'peʃənt〕*adj.* 不耐煩的
when it was my turn 輪到我時　　rush〔rʌʃ〕*v.* 衝
rush into 撞上　　struggle〔'strʌɡḷ〕*v.* 掙扎著要…
ignore〔ɪɡ'nor〕*v.* 忽視　　offer〔'ɔfɚ〕*v.* 表示願意…
slow〔slo〕*adv.* 緩慢地　　*than usual* 比平常
on the way 一路上　　*care about* 關心
troubles〔'trʌbḷz〕*n. pl.* 煩惱　　*for a while* 短暫的時間
from now on 從現在起　　*make an effort to V.* 努力…
stranger〔'strendʒɚ〕*n.* 陌生人　　*as…as possible* 儘可能…

口說能力測驗

第一部份：朗讀短文

有一天的大清早，我爸爸來到我房間。他把我搖醒。「凱倫，快點，」他說。「醒醒，我要給妳看一個東西。」我隨著他下樓。那時時間還很早，外面漆黑一片，甚至連海鷗都還在睡覺。我們沿著到處都是沙的路開到了海灘，並從車裡爬出來。大海在這灰矇矇的晨光非常的漂亮。它充滿著名叫浮游生物的海洋動物。當海浪拍打著岸邊時，它們便如同星星般地閃耀。我永遠都不會忘記，這個海邊閃亮如同夢境般的黎明。

* ***shake*** *sb.* ***awake*** 把某人搖醒 　　 sleep〔slip〕*n.* 睡意
downstairs〔ˋdaʊnˋstɛrz〕*adv.* 到樓下
seagull〔ˋsiˏgʌl〕*n.* 海鷗
asleep〔əˋslip〕*adj.* 睡著的
sandy〔ˋsændɪ〕*adj.* 多沙的 　　 gray〔gre〕*adj.* 灰色的
tiny〔ˋtaɪnɪ〕*adj.* 微小的 　　 plankton〔ˋplæŋktən〕*n.* 浮游生物
shine〔ʃaɪn〕*v.* 發光（三態變化為：shine-shone-shone）
shore〔ʃor〕*n.* 海岸 　　 dawn〔dɔn〕*n.* 黎明
sparkle〔ˋsparkḷ〕*v.* 發光

　　　　　　＊　　　　　　＊　　　　　　＊

鳥是傑出的空中旅行家。有些種類的鳥每年會飛行數千英里，由北方遷移到南方，之後又返回北方。有些種類的蝙蝠也會遷移，牠們在旅途中會吃些空中的昆蟲。跟蚱蜢很像的蝗蟲，有時會一大群一起飛。有些群體甚至大到能將太陽遮住好幾個小時。牠們像巨大的烏雲般飛越天際。蜜蜂藉由飛行將花

蜜及花粉從花帶到牠們的蜂窩。想想看若牠們只能用爬的，裝
著滿滿的花粉和花蜜，一路爬回到牠們的蜂窩，該有多辛苦。

* outstanding〔ʹaʊtʹstændɪŋ〕*adj.* 傑出的
yearly〔ʹjɪrlɪ〕*adv.* 每年　　migrate〔ʹmaɪgret〕*v.* 遷移
feed on 以～為食　　insect〔ʹɪnˏsɛkt〕*n.* 昆蟲
in the air 在空中　　travel〔ʹtrævḷ〕*v.* 行進；前進
locust〔ʹlokəst〕*n.* 蝗蟲　　grasshopper〔ʹgræsˏhɑpɚ〕*n.* 蚱蜢
swarm〔sworm〕*n.* 一群（昆蟲）　　*blot out* 遮蔽
huge〔hjudʒ〕*adj.* 巨大的
honeybee〔ʹhʌnɪˏbi〕*n.* 蜜蜂（= *bee* ）
travel by air 飛行　　nectar〔ʹnɛktɚ〕*n.* 花蜜
pollen〔ʹpɑlən〕*n.* 花粉　　hive〔haɪv〕*n.* 蜂窩（= *beehive* ）
crawl〔krɔl〕*v.* 爬行　　loaded〔ʹlodɪd〕*adj.* 裝滿東西的

第二部份：回答問題

問題 1：　你有去過任何展覽嗎？

【回答範例】 有，我曾經去過幾個。
我曾經去過書展。
我曾在電腦展逛得很愉快。

總是會有許多人將展覽擠得滿滿的。
價錢通常比較低，因為有較優惠的折扣。
有時也有一些免費的贈品。

* exhibition〔ˏɛksəʹbɪʃən〕*n.* 展覽（= *fair* ）
have been to 曾經去過　　*book fair* 書展
show〔ʃo〕*n.* 展示會　　crowd〔kraʊd〕*v.* 使擠滿
discount〔ʹdɪskaʊnt〕*n.* 折扣　　free〔fri〕*adj.* 免費的
bonus〔ʹbonəs〕*n.* 額外的贈品

問題 2： **你喜不喜歡穿牛仔褲？請說明。**

【回答範例】 我喜歡穿牛仔褲。

它們穿起來很方便。

它們使人感覺很舒服。

我喜歡便服。

牛仔褲最適合我。

不管是緊的或寬鬆的牛仔褲都很棒。

* jeans〔dʒinz〕 *n. pl.* 牛仔褲　　feel〔fil〕 *adj.* 使人感覺
　casual〔'kæʒʊəl〕 *adj.* 休閒的；輕便的
　wear〔wɛr〕 *n.* …服裝　　*casual wear* 便服
　suitable〔'sutəbḷ〕 *adj.* 適合的　　tight〔taɪt〕 *adj.* 緊的
　loose〔lus〕 *adj.* 寬鬆的
　cool〔kul〕 *adj.* 很酷的；很棒的

問題 3： **你曾經在公車或火車上讓座嗎？**

【回答範例】 是的，我有過很多次。

我認為這是我的責任。

我很高興可以幫助他人。

當個好人的感覺很好。

這是老人及年幼的小孩應得的對待。

那些殘障的人以及懷孕的婦女也需要幫助。

* *give away* one's *seat* 讓座
　duty〔'djutɪ〕 *n.* 義務；責任　　*help sb. out* 幫助某人
　elderly〔'ɛldəlɪ〕 *adj.* 年長的
　deserve〔dɪ'zɝv〕 *v.* 應得
　handicapped〔'hændɪ,kæpt〕 *adj.* 殘障的
　pregnant〔'prɛgnənt〕 *adj.* 懷孕的

問題 4：　你的英文老師是什麼樣的人？

【回答範例】　我的英文老師很投入。
　　　　　　　她很專業。
　　　　　　　她也很關心每個學生。

　　　　　　　她要求很多，但很有耐心。
　　　　　　　她是個專業的老師。
　　　　　　　我希望我能變得跟她一樣好。

　　　　* dedicated〔'dɛdə,ketɪd〕adj. 投入的（= devoted）
　　　　　 professional〔prə'fɛʃən!〕adj. 專業的
　　　　　 demanding〔dɪ'mændɪŋ〕adj. 苛求的；要求多的
　　　　　 expert〔'ɛkspɜt〕adj. 熟練的；專業的

問題 5：　你會做什麼以保持健康？

【回答範例】　我努力均衡的飲食。
　　　　　　　我多吃大量的水果及蔬菜。
　　　　　　　我會避免吃甜食及垃圾食物。

　　　　　　　有時我會運動。
　　　　　　　我會打球或慢跑。
　　　　　　　此外，我會試著有充足的睡眠。

　　　　* *stay healthy* 保持健康
　　　　　 balanced〔'bælənst〕adj. 均衡的
　　　　　 diet〔'daɪət〕n. 飲食　　avoid〔ə'vɔɪd〕v. 避免
　　　　　 sweets〔swits〕n. pl. 甜食　　*junk food* 垃圾食物
　　　　　 jog〔dʒɑg〕n. 慢跑

問題 6：　如果你要加強一個特定的科目，你會考慮請一位家
　　　　　教或是去補習班？

【回答範例】 我會去補習班。

補習班老師經驗更豐富。

補習班的設備通常更好。

家教太貴了。

家教不一定很可靠。

補習班能保證有好的成果。

* improve〔ɪmˋpruv〕v. 改善 <on>
  certain〔ˋsɝtn̩〕adj. 某個
  consider〔kənˋsɪdə〕v. 考慮　　hire〔haɪr〕v. 雇用
  tutor〔ˋtjutə〕n. 家教　　*cram school* 補習班
  attend〔əˋtɛnd〕v. 上 (學)
  facilities〔fəˋsɪlətɪz〕n. pl. 設施
  reliable〔rɪˋlaɪəbl̩〕adj. 可靠的
  guarantee〔͵gærənˋti〕v. 保證
  results〔rɪˋzʌlts〕n. pl. 成果;(考試)成績

問題 7 : **假設你們家最近將有一個新生的小嬰兒,你會比較**
希望他是男的或女的?

【回答範例】 我的家人不會在乎這個。

這對我們來說不重要。

不論是男生或女生都很棒。

我們歡迎男孩。

我們也想要女孩。

擁有一個健康的小孩才是最重要的。

* suppose〔səˋpoz〕v. 假定;假設
  newborn〔ˋnju͵bɔrn〕adj. 新生的
  prefer〔prɪˋfɝ〕v. 比較喜歡
  matter〔ˋmætə〕v. 重要;有關係
  count〔kaʊnt〕v. 重要

問題 8：　你是早睡早起的人或是夜貓子？請說明。

【回答範例】　我確定是一個夜貓子。

我喜歡熬夜到很晚。

我很少早睡。

夜間時分相當寧靜。

我可以不受干擾地做我的功課。

它能幫助我有效率地學習。

* *an early bird* 早睡早起的人　　owl〔aʊl〕*n.* 貓頭鷹
a night owl 夜貓子　　*for sure* 一定地；確實地
stay up 熬夜　　nighttime〔'naɪt,taɪm〕*n.* 夜晚
peaceful〔'pisfəl〕*adj.* 寧靜的
undisturbed〔,ʌndɪ'stɜbd〕*adj.* 不受打擾的
efficiently〔ə'fɪʃəntlɪ〕*adv.* 有效率地

問題 9：　當你在搭乘捷運、公車或火車時，你通常會做什麼？

【回答範例】　我通常會閱讀。

有時我會瀏覽我的筆記。

有時我只是坐著休息。

觀察別人很有趣。

看向窗外也很好玩。

我喜歡搭乘大眾運輸工具。

* *run through* 瀏覽　　notes〔nots〕*n. pl.* 筆記
look out (of) 從…往外看
look out (of) the window 朝窗外看
fun〔fʌn〕*adj.* 有趣的
transportation〔,trænspə'teʃən〕*n.* 交通；運輸
public transportation 大眾運輸工具

問題 10： 你認爲英文是個有趣的科目嗎？爲什麼是，或爲什麼
　　　　　　不是？

【回答範例】 是的，我認爲英文很有趣。

　　　　　　它是個很實用的語言。

　　　　　　我最喜歡是英文會話。

　　　　　　背單字很辛苦。

　　　　　　文法和閱讀難多了。

　　　　　　但我仍然樂於接受這個挑戰。

* vocabulary〔vəˈkæbjəˌlɛrɪ〕*n.* 字彙
  memorize〔ˈmɛməˌraɪz〕*v.* 記憶；背誦
  grammar〔ˈgræmɚ〕*n.* 文法　　enjoy〔ɪnˈdʒɔɪ〕*v.* 喜歡
  challenge〔ˈtʃælɪndʒ〕*n.* 挑戰

三、看圖敘述

　　陽光從窗戶照進來，眞是個美
好的一天。那個小男孩在上學一整
天後正坐在電視機前面放輕鬆。他
正享受著他最喜歡的卡通。然而，
他坐的離電視機太近了，是個壞習
慣，很可能導致視力受損。

* sparsely〔ˈspɑrslɪ〕*adv.* 稀疏地；稀少地
  furnish〔ˈfɜnɪʃ〕*v.* 裝備家具　　stand〔stænd〕*n.* …台；…架
  floor lamp 落地燈　　corner〔ˈkɔrnɚ〕*n.* 角落
  finish〔ˈfɪnɪʃ〕*v.* 吃完　　snack〔snæk〕*n.* 點心
  eyesight〔ˈaɪˌsaɪt〕*n.* 視力

全民英語能力分級檢定測驗
中級英語檢定複試測驗 ⑤ 詳解

寫作能力測驗

一、中譯英

　　我怕死飛行了。我從來沒有坐過飛機，而我相信我未來也絕對不會去坐。然而，我喜歡去機場，觀察那裡形形色色的人。在今年新年期間，我帶著一大包爆米花，和許多面紙，到桃園國際機場去。我走到入境區，坐在前排，看到許多家人團聚的場面。那些畫面是如此感人，以致於我的眼睛都沒有乾過。

I'm scared to death of flying. I've never flown on an
airplane and I believe that I never will in the future.
Nevertheless, I love to go to airports and watch various kinds
of people. During the New Year holiday this year, I went to
Taoyuan International Airport with a big bag of popcorn and
plenty of Kleenex. I went to the arrival area, sat in the front
row, and watched many family reunions. Those were such
touching scenes that I couldn't keep my eyes dry.

* scared〔skɛrd〕*adj.* 害怕的

fly〔flaɪ〕*v.* 飛行【三態變化是：fly-flew-flown】

nevertheless〔͵nɛvəðə'lɛs〕*adv.* 然而（= *however*）

various〔'vɛrɪəs〕*adj.* 各種的　　popcorn〔'pɑp͵kɔrn〕*n.* 爆米花

plenty of 許多　　Kleenex〔'klinɛks〕*n.* 可麗舒；面紙

arrival〔ə'raɪvḷ〕*n.* 抵達；入境　　row〔raʊ〕*n.* 排

reunion〔ri'junjən〕*n.* 團聚

touching〔'tʌtʃɪŋ〕*adj.* 感人的（= *moving*）

scene〔sin〕*n.* 場面

二、英文作文

The Importance of Mental Health

These days, it seems that everyone is exercising, dieting or trying some other means to improve their health. ***Of course*** we must take care of our physical health, but we must not neglect our mental health, either. Without mental health, we cannot enjoy our lives ***no matter how*** long they are. ***Therefore***, it is important to take steps to ensure our mental health.

For example, we should take a realistic view of things and keep our problems in perspective. If we have unrealistic goals, we will only make ourselves unhappy, for we will never feel successful. We should *also* know that our problems are often not as serious as they seem. When we need help, we must ask for it; when help is offered, we should take it. Remembering that there is a solution for almost every problem and that help is available will keep us from feeling overwhelmed by our problems.

Most important of all, we must know what is really valuable in life. We must cherish and develop our relationships with family and friends. *After all*, we can exercise alone, but it is difficult to take care of our mental health alone.

* mental (ˈmɛntḷ) *adj.* 心理的　　diet (ˈdaɪət) *v.* 節食
means (minz) *n. pl.* 方法【單複數同形】
physical (ˈfɪzɪkḷ) *adj.* 身體的　　neglect (nɪˈglɛkt) *v.* 忽略
take steps 採取步驟　　ensure (ɪnˈʃur) *v.* 確保
take a realistic view of 以實際的眼光來看
perspective (pəˈspɛktɪv) *n.* 正確的眼光
keep ~ in perspective 以正確的眼光看待
overwhelm (ˌovəˈhwɛlm) *v.* 壓倒；擊敗
valuable (ˈvæljuəbḷ) *adj.* 珍貴的

口說能力測驗

第一部份:朗讀短文

　　吠叫和咆哮之間真是大不相同!當狗在吠叫時,牠會猛然把牠的頭抬高。吠叫並不是準備要廝殺的聲音。但當狗咆哮時,牠會低著頭。咆哮通常意味著牠已經準備好要打架。狗在和其他動物打架時必須保護牠的喉嚨。當狗對你吠叫時,你不會有危險。但當牠對你咆哮,並且低著頭時,該怎麼辦呢?那你就要小心可能會有麻煩!要站著不動。把你的手放在你的胸前。如果你這麼做,十隻狗中沒有一隻會咬你。不要去攻擊狗,或是轉身逃跑。

> * bark〔bɑrk〕*n. v.*(狗)吠叫　　growl〔graʊl〕*n. v.* 咆哮;吼叫
> throw〔θro〕*v.*(猛烈地)動(身體的某個部位)
> ***throw** one's **head high*** 猛然把頭抬高
> ***war cry*** 作戰時戰士的吶喊
> lower〔ˈloɚ〕*v.* 降低　　　　guard〔gɑrd〕*v.* 保護
> throat〔θrot〕*n.* 喉嚨　　　　meet〔mit〕*v.* 面對
> ***what if*** 如果⋯該怎麼辦　　***look out for*** 小心;注意
> still〔stɪl〕*adj.* 靜止的;不動的　　chest〔tʃɛst〕*n.* 胸部

　　　　　　　*　　　　　　　*　　　　　　　*

　　在每個大城裡,都會有移民者居住的社區,那裡仍維持著他們的語言及傳統。在紐約有個「小義大利」。很多那裏的人都說義大利文,並慶祝他們原本國家的節日。在邁阿密的「小哈瓦那」,古巴文化特色很鮮明,在街上你可以聽到西班牙語,並在店面的櫥窗看到許多西班牙文的廣告。很多城市都有叫作中國城的社區。那裡會有很多中國餐館以及華人的公司。人們都以他們的習俗及傳統為榮,並在他們的社區中把它們保存下來。

* neighborhood〔'nebə‚hud〕n. 鄰近地區；社區
immigrant〔'ɪməgrənt〕n. (移入的) 移民
tradition〔trə'dɪʃən〕n. 傳統
alive〔ə'laɪv〕adj. 活著的；存在的　　festival〔'fɛstəvl̩〕n. 節慶
old〔old〕adj. 從前的　　Miami〔maɪ'æmɪ〕n. 邁阿密
Havana〔hə'vænə〕n. 哈瓦那 (古巴首都)
Cuban〔'kjubən〕adj. 古巴的　　evident〔'ɛvədənt〕adj. 明顯的
be full of 充滿了　　advertisement〔‚ædvə'taɪzmənt〕n. 廣告
business〔'bɪznɪs〕n. 生意；商店；公司

第二部份：回答問題

問題 1：　你是個迷信的人嗎？為什麼是或為什麼不是？

【回答範例】　我並不迷信。
　　　　　　所有迷信的東西我都不相信。
　　　　　　我相信人們可以決定自己的命運。

　　　　　　有時候我覺得迷信很有趣。
　　　　　　它們講起來很好玩。
　　　　　　但禁忌和預兆卻是很荒唐可笑的。

* superstitious〔‚supə'stɪʃəs〕adj. 迷信的
stuff〔stʌf〕n. 東西　　fate〔fet〕n. 命運
superstition〔‚supə'stɪʃən〕n 迷信
fun〔fʌn〕adj. 有趣的　　taboo〔tə'bu〕n. 禁忌
omen〔'omən〕n. 預兆　　**for the birds** 無用的；可笑的

問題 2：　每個人都有他害怕的東西。你最怕什麼？請舉出
　　　　　一到兩個例子。

【回答範例】　我很怕大型考試。
　　　　　　我很討厭壓力很大。
　　　　　　我會擔心犯錯。

此外，我很怕蛇。

當我看到蛇時，我會退縮，並且總是會覺得喘不過氣。

蛇總是會令我毛骨悚然。

* fear〔fɪr〕n. v. 恐懼　　give〔gɪv〕v. 提供；說

pressure〔'prɛʃɚ〕n. 壓力

be scared of 害怕（= be afraid of）

snake〔snek〕n. 蛇　　recoil〔rɪ'kɔɪl〕v. 退縮

breathless〔'brɛθlɪs〕adj. 屏息的

at the sight of 一看到　　flesh〔flɛʃ〕n.（身體的）肌膚

crawl〔krɔl〕v. 爬行；毛骨悚然

make one's **flesh crawl** 使人毛骨悚然（= make one's flesh creep）

問題 3： 你有什麼缺點或是弱點是你想改進的？

【回答範例】我覺得無法專心是我的缺點。

我很容易疲倦和分心。

我希望我能更有精神，而且更專心。

我必須多運動以培養我的體力。

我要延長我注意力集中的時間。

當我疲倦時，我可以小睡片刻，或是喝些咖啡來提神。

* shortcoming〔'ʃɔrt,kʌmɪŋ〕n. 缺點（= weakness）

fail to V. 未能…　　concentrate〔'kɑnsn̩,tret〕v. 專心

tire out 精疲力竭

focus〔'fokəs〕n. 焦點；中心；注意力

energetic〔,ɛnɚ'dʒɛtɪk〕adj. 精力充沛的

attentive〔ə'tɛntɪv〕adj. 專心的；注意的

strength〔strɛŋθ〕n. 力量；體力

lengthen〔'lɛŋθən〕v. 延長

attention span 注意力集中的時間

nap〔næp〕n. 小睡　　**take a nap** 小睡片刻

have〔hæv〕v. 喝　　**pick** sb. **up** 使某人恢復精神

問題 4： 你上次的成績單表現如何？

【回答範例】 我考得不錯。

我通過了每一個科目。

我有了相當大的進步。

我每一門課都有進步。

我的分數全都提升了。

我的平均分數增加了三分。

* do〔du〕v. 表現　　***grade report*** 成績單
do well 考得好
considerable〔kən'sɪdərəbḷ〕adj. 相當大的
progress〔'prɑgrɛs〕n. 進步
improve〔ɪm'pruv〕v. 改善　　score〔skor〕n. 分數
go up 上升　　average〔'ævərɪdʒ〕n. 平均
climb〔klaɪm〕v. 上升　　point〔pɔɪnt〕n. 點；分數

問題 5： 對你來說，學英文最困難的地方是什麼？請說明。

【回答範例】 會話對我來說是最困難的部分。

要說得清楚不是一件簡單的事。

發音也是一個挑戰。

我很怕犯錯。

我會感到緊張而且有挫折感。

因此我很沒有自信。

* tough〔tʌf〕adj. 困難的
picnic〔'pɪknɪk〕n. 輕鬆簡單的事
pronunciation〔prə,nʌnsɪ'eʃən〕n. 發音
nervous〔'nɝvəs〕adj. 緊張的
frustrated〔'frʌstretɪd〕adj. 受挫的
confidence〔'kɑnfədəns〕n. 信心；自信
level〔'lɛvḷ〕n. 程度

問題 6： 你曾經在醫院過夜嗎？請說明。

【回答範例】 不，我從來沒有過。

我很幸運，一直都很健康。

但我的兄弟曾有過一次。

他因為肺炎住院。

我的父母當時必須陪他一整晚。

這讓我充分了解健康的重要。

* luckily〔ˈlʌkɪlɪ〕*adv.* 幸運地
  hospitalize〔ˈhɑspɪtḷˌaɪz〕*v.* 使住院
  pneumonia〔njuˈmonjə〕*n.* 肺炎
  accompany〔əˈkʌmpənɪ〕*v.* 陪伴
  overnight〔ˈovɚˈnaɪt〕*adv.* 整夜地
  aware〔əˈwɛr〕*adj.* 知道的；察覺到的 <*of*>

問題 7： 你的國家有哪些主要的環境問題？請說明。

【回答範例】 我認為空氣污染是最嚴重的環境問題。

車輛排放廢氣以及人民的無知是原因。

工業污染使我們的肺喘不過氣來。

土地的濫用問題也相當嚴重。

我們把土地過度開發。

土地的濫用破壞了大自然。

* vehicle〔ˈviɪkḷ〕*n.* 車輛
  emission〔ɪˈmɪʃən〕*n.* (汽車的) 排氣
  ignorant〔ˈɪgnərənt〕*adj.* 無知的
  be to blame 該受責備；就是原因
  industrial〔ɪnˈdʌstrɪəl〕*adj.* 工業的
  choke〔tʃok〕*v.* 使窒息　　lung〔lʌŋ〕*n.* 肺
  abuse〔əˈbjus〕*n.* 濫用
  exploitation〔ˌɛksplɔɪˈteʃən〕*n.* 開發
  kill〔kɪl〕*v.* 破壞　　nature〔ˈnetʃɚ〕*n.* 大自然

問題 8： 如果可以改變你外表的某個部分，你想要改變哪個部分？

【回答範例】 我想長高一點。

我覺得我太矮了。

如果我增加幾公分，我會更有自信。

而且，我覺得我有點胖。

我想瘦一點。

我想變更健康、更苗條。

* appearance〔ə'pɪrɪəns〕n. 外表　　add〔æd〕v. 增加
centimeter〔'sɛntə,mitə〕n. 公分　　*lose weight* 減重
fit〔fɪt〕*adj.* 健康的　　slim〔slɪm〕*adj.* 苗條的

問題 9： 請說明在去年一整年當中，一個你最快樂的時刻。

【回答範例】 我會說新年是最開心的。

我和我的朋友去了購物中心。

我花光了我所有的壓歲錢。

我買了一些很棒的 CD。

我買了衣服和新鞋。

我們看了一場電影，並且吃了一頓大餐。

* *tell about* 敘述　　moment〔'momənt〕n. 時刻
envelope〔'ɛnvə,lop〕n. 信封　　*red envelope* 紅包
red envelope money 壓歲錢（= *lucky money*）
awesome〔'ɔsəm〕*adj.* 很棒的　　meal〔mil〕n. 一餐

問題 10： 如果你可以去一個歐洲國家，你會選擇哪一個？爲什麼？

【回答範例】 我一定會選法國。

我很想去浪漫之都巴黎遊覽。

那裏有很多好看和好玩的東西。

艾菲爾鐵塔和羅浮宮是必看的重點。

我一直夢想著能漫步在香舍麗榭大道上。

法國菜也是很棒的。

* **definitely** ﹝'dɛfənɪtlɪ﹞ *adv.* 一定

  tour ﹝tʊr﹞ *v.* 遊覽　　**capital** ﹝'kæpətl̩﹞ *n.* 首都

  romance ﹝ro'mæns﹞ *n.* 羅曼史；浪漫的氣氛

  Eiffel Tower ﹝'aɪfl̩'taʊɚ﹞ *n.* 艾菲爾鐵塔

  Louvre ﹝'luvɚ﹞ *n.* 羅浮宮

  must-see ﹝'mʌst͵si﹞ *n.* 必看的事物

  Champs Elysees ﹝͵ʃɑ̃zeli'ze﹞ *n.* 香舍麗榭大道

  cuisine ﹝kwɪ'zin﹞ *n.* 菜餚

第三部份：看圖敘述

這是個很精彩的時刻，所有人的目光都集中在打者和球上。因為動作很快，所以結果很難判定——安打或是揮棒落空。在圖片後方的隊員們很感興趣地在一旁觀看。

* ***home plate*** 本壘　　**diamond** ﹝'daɪmənd﹞ *n.* (棒球場的) 內野

  batter ﹝'bætɚ﹞ *n.* 打擊者　　**swing** ﹝swɪŋ﹞ *v.* 揮 (棒)

  bat ﹝bæt﹞ *n.* 球棒　　**powerfully** ﹝'paʊɚfəlɪ﹞ *adv.* 強有力地

  catcher ﹝'kætʃɚ﹞ *n.* 捕手　　**umpire** ﹝'ʌmpaɪr﹞ *n.* 裁判

  observe ﹝əb'zɝv﹞ *v.* 觀察

  determine ﹝dɪ'tɝmɪn﹞ *v.* 決定；判定

  outcome ﹝'aʊt͵kʌm﹞ *n.* 結果　　**hit** ﹝hɪt﹞ *n.* 安打

  miss ﹝mɪs﹞ *n.* 沒有打中　　**background** ﹝'bæk͵graʊnd﹞ *n.* 背景

  teammate ﹝'tim͵met﹞ *n.* 隊友　　***look on*** 旁觀

  with great interest 非常感興趣地

全民英語能力分級檢定測驗
中級英語檢定複試測驗 ⑥ 詳解

寫作能力測驗

一、中譯英

　　去年暑假我在一家便利商店打工。那是我第一次打工。工作很辛苦，但是相當有趣。我不但從工作中學習到很多，還結交了不少好朋友。雖然我離開那份工作已經一年了，但是我和我的同事們還是會經常聚會。我很珍惜我們之間的友誼，以及這兩個月的寶貴工作經驗。

　　Last summer vacation, I worked part-time in a convenience store. That was my first part-time job. The work was tough but rather interesting. I not only learned a lot from the work, but also made quite a few good friends. Although I left the job a year ago, I still get together frequently with my colleagues. I cherish the friendship among us and the precious two-month working experience very much.

* part-time〔ˈpɑrtˌtaɪm〕*adv.* 兼職地　*adj.* 兼職的
【比較】full-time *adv.* 全職地
convenience store 便利商店　　tough〔tʌf〕*adj.* 困難的
rather〔ˈræðɚ〕*adv.* 相當（ = *quite* ）
quite a few 很多（ = *many* ）　　**make friends** 交朋友
frequently〔ˈfrikwəntlɪ〕*adv.* 經常
colleague〔ˈkɑlig〕*n.* 同事（ = *co-worker* ）
cherish〔ˈtʃɛrɪʃ〕*v.* 珍惜　　precious〔ˈprɛʃəs〕*adj.* 珍貴的

二、英文作文

A Letter of Apology

Dear Sandy,

Although it's a day late, I hope you had a great birthday! I'm so sorry that I wasn't there on such a big day for you. I intended to go to your party, and even rescheduled my doctor's appointment for it, but **unfortunately**, things came up. **First**, my sister overslept, so I had to drive her to school, in case she might be late. **After that**, I went straight to your party, but there was a terrible accident, and I got stuck in the ensuing traffic jam. I called your house, but the party was probably too loud, and no one picked up the phone. I figured the party would have been over when I got there, so I drove home.

I'm sure you will understand and forgive me, but I can't forgive myself. I feel obliged to make it up to you. *So*, let me buy you dinner tomorrow or whenever you're free, and then I can give you the present I prepared for you. Again, happy birthday!

Yours truly,

Kevin

* apology〔əˈpɑlədʒɪ〕*n.* 道歉　　intend〔ɪnˈtɛnd〕*v.* 打算
reschedule〔riˈskɛdʒul〕*v.* 重新安排
appointment〔əˈpɔɪntmənt〕*n.* 約會；約診　　*come up* 發生
oversleep〔ˌovɚˈslip〕*v.* 睡過頭　　*drive sb.* 開車載某人
in case 以免　　straight〔stret〕*adv.* 直接地
get stuck in 被困在～當中
ensuing〔ɛnˈsuɪŋ〕*adj.* 接著而來的
a traffic jam 交通阻塞　　*pick up* 接（電話）
figure〔ˈfɪgjɚ〕*v.* 想；認為
obliged〔əˈblaɪdʒd〕*adj.* 不得不；一定要；有義務的
make it up to sb. 補償某人　　*buy sb. dinner* 請某人吃晚餐
free〔fri〕*adj.* 有空的　　*Yours truly,*【結尾敬辭】…敬上

口說能力測驗

第一部份：朗讀短文

　　李家人搬到了郊區的新房子。它有四間房間、兩間浴室、一個客廳、一個餐廳，及一個大廚房。房子的旁邊是個大車庫。房子後面還有一個給孩子們玩耍的大庭院。新房子有足夠的空間讓每個人住得很舒適。李先生現在有了自己的書房。李太太非常喜歡這個有獨立衛浴的主臥室，也很喜歡在廚房裡做菜。他們的兒子也都有自己的房間，不需要再共用房間了。他們全都很喜歡這個新家。

the Lees 李家人　　　suburbs〔'sʌbɜ˙bz〕*n. pl.* 郊區
in the suburbs 在郊區　　*next to* 在…旁邊
garage〔gə'rɑʒ〕*n.* 車庫　　yard〔jɑrd〕*n.* 院子
space〔spes〕*n.* 空間　　study〔'stʌdɪ〕*n.* 書房
master〔'mæstə˙〕*n.* 主人　*adj.* 主要的
master bedroom 主臥室
have ~ to oneself 擁有自己的 ~
no longer 不再　　share〔ʃɛr〕*v.* 分享；共用

　　　　　　　*　　　　　　　*　　　　　　　*

　　蘇珊是一個我所認識的大好人。她不僅友善又聰明，也樂於付出她的時間，總是很願意幫助他人。每當我有困難時，我總是會向她求助，因為我知道她會給我一些很好的建議。有一個這麼好的朋友我真的很幸運。我真的不知道沒有她我該怎麼辦。當然，我也會努力當她的好朋友。

* clever〔'klɛvɚ〕 adj. 聰明的 (= smart)
generous〔'dʒɛnərəs〕 adj. 慷慨的；大方的
willing〔'wɪlɪŋ〕 adj. 願意的　　**turn to sb. for help** 向某人求助
advice〔əd'vaɪs〕 n. 忠告；建議
fortunate〔'fɔrtʃənɪt〕 adj. 幸運的 (= lucky)

第二部份：回答問題

問題 1：　你今天早上有在家吃早餐嗎？爲什麼有或爲什麼沒有？

【回答範例】　我今天早上沒有在家吃早餐。

事實上，我很少在家吃早餐。

我通常在去上學的途中，或去其他地方的路上買早餐。

我當然也想在家吃頓美味豐盛的早餐。

然而，如此一來我上學就會遲到。

我想我必須要等到我畢業以後了。

* **in fact** 事實上　　rarely〔'rɛrlɪ〕 adv. 很少
big〔bɪg〕 adj. 豐盛的　　**that way** 那樣；如此一來
graduate〔'grædʒʊ,et〕 v. 畢業

問題 2：　你上次生日過得如何？有做什麼特別的事嗎？

【回答範例】　我通常生日時不會做什麼特別的事。

但去年我的朋友幫我辦了一個驚喜派對。

幾乎我認識的人都來了。

我收到了許多很棒的禮物。

他們甚至親自烤了個蛋糕給我。

今年，我要自己辦一場生日派對好好地謝謝他們！

* hold〔hold〕v. 舉行　　***surprise party*** 驚喜派對
　 bake〔bek〕v. 烤　　　***by oneself*** 自行；獨自

問題 3： 你最近會去看電影嗎？為什麼會或為什麼不會？

【回答範例 1】 我再過幾天有可能會去看。

我通常每幾個星期就會去看一部片。

我把電影當成嗜好，用來放鬆心情。

去看電影和在家看 DVD 是截然不同的體驗。

預告片、燈光效果，以及大銀幕刺激多了。

而且那裡總是會有爆米花！

* ***go to the movies*** 看電影（＝ *go to a movie*）
　 a couple of 幾個；兩三個
　 consider〔kənˈsɪdɚ〕v. 認為　　hobby〔ˈhɑbɪ〕n. 嗜好
　 trailer〔ˈtrelɚ〕n. 預告片
　 screen〔skrin〕n. 螢幕；銀幕
　 plus〔plʌs〕adv. 此外；再加上
　 popcorn〔ˈpɑpˌkɔrn〕n. 爆米花

【回答範例 2】 去看場電影要花很多時間。

票也頗貴。

因此，我很少去看電影。

我比較喜歡看 DVD。

那樣就不用和很吵鬧的人一起看。

我甚至可以跳過我不喜歡的片段。

* noisy〔ˈnɔɪzɪ〕adj. 吵鬧的　　skip〔skɪp〕v. 跳過
　 scene〔sin〕n. 場景；片段

問題 4：　當你有空的時候，通常會待在家裡還是出門？

【回答範例 1】　我通常很早就出門，直到很晚才會回家。

　　　　　　　事實上，有時我在家做的唯一的一件事就是睡覺。

　　　　　　　這就是為什麼在我有空的時候，我喜歡待在家。

　　　　　　　我有時會上網，或是打電動。

　　　　　　　有時我會將我喜歡的音樂放得非常大聲。

　　　　　　　待在家做自己想做的事真是輕鬆愉快。

　　　　　* normally〔'nɔrmlɪ〕 *adv.* 通常（= *usually*）

　　　　　　real〔'riəl〕 *adv.* 真地；非常　　***not…until*** 直到～才…

　　　　　　the only thing I do at home is (*to*) ***V.*** 我在家唯一會做

　　　　　　　的事就是

　　　　　　free time 空閒時間　　surf〔sɝf〕 *v.* 衝浪；瀏覽（網路）

　　　　　　the Web 網際網路（= *the Net* = *the Internet*）

　　　　　　surf the Web 上網　　***video game*** 電動

【回答範例 2】　我喜歡參觀不同的地方。

　　　　　　　我喜歡認識各式各樣的人。

　　　　　　　所以當我有空時，我喜歡出門。

　　　　　　　如果我整個週末都有空，我喜歡計畫輕旅行。

　　　　　　　如果我只有幾小時，我通常會去逛街或和朋友聊天。

　　　　　　　出門總是能讓我開心，我從來都不會厭倦。

　　　　　* meet〔mit〕 *v.* 認識

　　　　　　whole〔hol〕 *adj.* 整個（= *entire*）

　　　　　　mini〔'mɪnɪ〕 *adj.* 小型的　　chat〔tʃæt〕 *adj.* 聊天

　　　　　　get tired of 對…厭倦

問題 5: 你多久會逛一次夜市？你爲什麼喜歡？

【回答範例】 我大約一個月會去一次夜市。

有時會去那裏買點東西。

而大多數的時間都是爲了吃。

夜市有著一些超級好吃的食物。

這就是爲什麼我一個月只去一次。

如果我常去的話，就會變得很胖。

* **_night market_** 夜市　　**_most of the time_** 大部分時候

ever〔'ɛvɚ〕adv.【在比較級、最高級之後用以強調】以往；

　　至今

問題 6: 你覺得你會就讀你所選的大學嗎？爲什麼會，爲什麼

　　　　不會？

【回答範例】 每個人都想上最好的大學。

爲了達到這個目標，我們必須勤奮努力。

我們也需要一些好運。

只要堅持到底，就可以做任何自己想做的事。

所以我現在無法肯定地說我會上我所選的大學。

一切都取決於我能否驅策自己堅持下去。

* attend〔ə'tɛnd〕v. 上（學）；就讀

of one's choice 自己挑選的

achieve〔ə'tʃiv〕v. 達成　　goal〔gol〕n. 目標

work hard 努力

diligent〔'dɪlədʒənt〕*adj.* 勤勉的

as long as 只要

persevere〔ˌpɜ˞sə'vɪr〕*v.* 堅忍；不屈不撓

depend on 依賴；取決於；視~而定

push〔puʃ〕*v.* 驅策

keep going 繼續走下去；堅持下去（ = *persevere*）

問題 7：　人可以做什麼來保持社區環境的整潔？

【回答範例】 首先最重要的是，不要亂丟垃圾。

大家都認爲一片小小的垃圾沒什麼影響。

事實上卻是影響很大。

其次，每天一定要倒垃圾。

廢棄物會吸引害蟲，非常不衛生。

最後，要確定你的鄰居也同樣這麼做，因爲只靠

你一個人是無法做到的。

* litter〔'lɪtə˞〕*v.* 亂丟垃圾

trash〔træʃ〕*n.* 垃圾

make a difference 有差別；有影響

throw out 丟出

garbage〔'gɑrbɪdʒ〕*n.* 垃圾

waste〔west〕*n.* 廢棄物

vermin〔'vɜmɪn〕*n.* 害蟲（ = *pest*）【老鼠、蚊蠅、

跳蚤、蟑螂等】

unsanitary〔ʌn'sænəˌtɛrɪ〕*adj.* 不衛生的

make sure 確定　　alone〔ə'lon〕*adv.* 獨自

問題 8： **你覺得對你來說學開車很難還是很容易？請說明。**

【回答範例 1】 我認為自己是個很笨拙的人。

對我來說要操作機械設備很困難。

所以我認為學開車對我來說會很難。

就算我學會開車，可能我永遠也不敢開上馬路。

來來往往的車輛似乎一直都很可怕，而且又開得很快。

我想我會堅持只搭捷運或公車就好。

* clumsy〔ˈklʌmzɪ〕*adj.* 笨拙的；笨手笨腳的
have a hard time + V-ing 做～有困難、很辛苦
handle〔ˈhændḷ〕*v.* 應付
mechanical〔məˈkænɪkḷ〕*adj.* 機械的
equipment〔ɪˈkwɪpmənt〕*n.* 設備；裝備
traffic〔ˈtræfɪk〕*n.*（往來的）車輛；行人
scary〔ˈskɛrɪ〕*adj.* 可怕的　　**stick to** 堅持

【回答範例 2】 我覺得我很快就能學會開車。

從小我就一直在看我爸開車。

我知道開車的所有基本常識。

我爸也教了我一些開車的技巧。

我認為學開車時這些技巧可以幫助我。

學開車應該是很容易。

* basics〔ˈbesɪks〕*n. pl.* 基礎；原理
technique〔tɛkˈnik〕*n.* 技巧
to 可表「歸屬、附加」，作「屬於；歸於」解。例如：
　the key to the house（房子的鑰匙）。
a piece of cake 容易的事

問題 9： **如果你可以選擇住在山上或住靠近海邊，哪一個你會比較喜歡？爲什麼？請説明。**

【回答範例 1】 我會想住靠近海邊。

我很喜歡陽光、沙灘還有海。

光是看著海就令我心情很好。

如果有狂風暴雨來臨時可能很危險。

但我卻還是願意冒險。

回家就能夠坐擁沙灘眞的是美夢成眞。

* ***the sun*** 太陽；陽光

   sand〔sænd〕*n.* 沙　　***take a risk*** 冒險

   willing〔'wɪlɪŋ〕*adj.* 願意的

   a dream come true 美夢成眞

【回答範例 2】 我會比較喜歡住在山上。

山區通常離城市很遠。

能給我一個安安靜靜放鬆的地方。

住在山上可能會不太方便。

但它能帶給我的平靜卻相當值得。

我確定我會有辦法解決。

* peacefully〔'pisfəlɪ〕*adv.* 和平地；寧靜地

   peace〔pis〕*n.* 平靜；寂靜

   worth〔wɜθ〕*adj.* 值得…的

   work out 解決（= *solve*）

問題 10：你有手機嗎？使用手機的好處及壞處是什麼？

【回答範例】 我整天都帶著我的手機。

它使得通訊連絡變得更容易。

一有人需要我時，我馬上會知道。

然而，手機會侵犯我們的隱私。

當你想在家休息而手機響起時，眞的很令人心煩。

這就是爲什麼我一回到家就會關機的原因。

* *cell phone* 手機
communication〔kə͵mjunə'keʃən〕*n.* 溝通；通訊
invade〔ɪn'ved〕*v.* 侵犯　privacy〔'praɪvəsɪ〕*n.* 隱私
annoying〔ə'nɔɪɪŋ〕*adj.* 令人心煩的　*turn off* 關掉

第三部份：看圖敘述

這是個戶外的水果攤。那個男人正在賣各種瓜類。他剛剖開了一顆西瓜，正在桌上排列切好的一片片西瓜。這個水果眞的看起來很好吃。這西瓜很多汁。我確定他可以賣得很好。

* stand〔stænd〕*n.* 攤子　slice〔slaɪs〕*v.* 切薄片　*n.* 一片
watermelon〔'wɑtə͵mɛlən〕*n.* 西瓜
arrange〔ə'rendʒ〕*v.* 排列　melon〔'mɛlən〕*n.* 甜瓜
colorful〔'kʌləfəl〕*adj.* 顏色鮮豔的；五彩繽紛的
tasty〔'testɪ〕*adj.* 好吃的
cut up 切碎　juicy〔'dʒusɪ〕*adj.* 多汁的

全民英語能力分級檢定測驗
中級英語檢定複試測驗 ⑦ 詳解

寫作能力測驗

一、中譯英

　　有一則來自日本的最新報導：有人開辦寵物瑜珈課程，來幫助牠們應付都市生活的壓力。根據研究，長期侷限在狹窄的公寓裡，可能會導致腳掌無力、神經質的吠叫、憂鬱和肥胖。在一次一小時的課程中，寵物被教導瑜珈姿勢，目的在於使牠們放鬆，以保持身心的健康。

There is a new report from Japan: yoga classes for pets are started to help them cope with the stress of urban living. According to research, long periods of being confined to small apartments can lead to feeble paws, nervous barking, depression and obesity. In hour-long lessons, pets are taught yoga positions for the purpose of making them relax and preserving their mental and physical health.

　　* yoga〔ˈjogə〕 n. 瑜珈　　pet〔pɛt〕 n. 寵物
　　cope with 應付；處理　　stress〔strɛs〕 n. 壓力
　　urban〔ˈɝbən〕 adj. 都市的　　confine〔kənˈfaɪn〕 v. 限制
　　lead to 導致　　feeble〔ˈfibl̩〕 adj. 虛弱的　　paw〔pɔ〕 n. 腳掌
　　nervous〔ˈnɝvəs〕 adj. 緊張的　　bark〔bɑrk〕 v. 吠叫

depression (dɪ'prɛʃən) *n.* 沮喪；憂鬱
obesity (o'bisətɪ) *n.* 肥胖　　hour-long *adj.* 長達一小時的
position (pə'zɪʃən) *n.* 姿勢　　***for the purpose of*** 目的是爲了
preserve (prɪ'zɜv) *v.* 保存；維持

二、英文作文

Preparing for an Exam

Like most students, I am very concerned about exams. I want to do well on them, and I know that preparation is important. Here is what I do.

I start my preparations long before the big day. *In fact*, I keep the exam in mind every day. I review my notes each night to keep all of the information fresh in my mind. *This way*, I don't have a lot to do on the eve of the exam. I simply look over my notes, which are already very familiar to me, and then I can relax. I get a good night's sleep and eat a healthy breakfast in the morning. Not having to cram at the last minute keeps me relaxed and focused.

This method of preparation has proved to be good for me. I usually do well on my exams, *so* I can recommend it to everyone.

* *be concerned about* 關心；擔心（ = *be worried about* ）
  do well on an exam 考試考得好（ ↔ *do poorly/badly on*
  　an exam 考試考不好）
  preparation〔͵prɛpə'reʃən〕 *n.* 準備　　big〔bɪg〕*adj.* 重要的
  keep sth. in mind 把某事牢記在心
  review〔rɪ'vju〕*v.* 複習　　notes〔nots〕*n. pl.* 筆記
  information〔͵ɪnfɚ'meʃən〕*n.* 資訊；資料
  fresh in one's mind 記憶猶新　　*this way* 這樣一來
  eve〔iv〕*n.* 前夕　　*look over* 大致過目；瀏覽
  familiar〔fə'mɪljɚ〕*adj.* 熟悉的　　cram〔kræm〕*v.* 填鴨強記
  at the last minute 在最後一刻　　focused〔'fokəst〕*adj.* 專注的
  prove〔pruv〕*v.* 證明　　recommend〔͵rɛkə'mɛnd〕*v.* 推薦

口說能力測驗

第一部份：朗讀短文

　　車禍跟感冒一樣很常見，但卻是能致命的機率大多了。然而，交通意外的成因和控制方法仍是個難以解決，很嚴重的問題。專家很早以前就看出這個問題有多樣的成因；最起碼是個「駕駛人-車輛-道路」的問題。如果所有的駕駛都一直有良好的判斷力，車禍便會減少。但這就很像在說，如果大家品德很好，就不會有犯罪。

* automobile〔'ɔtəmə͵bil〕*n.* 汽車
  common〔'kamən〕*adj.* 常見的；普通的　　cold〔kold〕*n.* 感冒
  deadly〔'dɛdlɪ〕*adj.* 致命的　　yet〔jɛt〕*conj.* 但是
  cause〔kɔz〕*n.* 原因　　remain〔rɪ'men〕*v.* 仍然是
  solve〔salv〕*v.* 解決　　expert〔'ɛkspɜt〕*n.* 專家
  recognize〔'rɛkəg͵naɪz〕*v.* 認出
  multiple〔'mʌltəpl̩〕*adj.* 多樣的　　*at (the very) least* 至少
  vehicle〔'viɪkl̩〕*n.* 車輛　　roadway〔'rod͵we〕*n.* 道路
  exercise〔'ɛksɚ͵saɪz〕*v.* 運用

judgment〔'dʒʌdʒmənt〕n. 判斷力   ***at all times*** 一直
rather〔'ræðɚ〕adv. 有點；相當
virtuous〔'vɜtʃuəs〕adj. 有品德的   crime〔kraɪm〕n. 罪；犯罪

　　　　*　　　　　*　　　　　*

　　親愛的，你使我的頭腦發光發熱！當你戀愛時，你的眼睛跟臉會亮起來——而你腦袋中的四個微小部分似乎也會明顯變亮。「那是浪漫戀愛常見的共同特性，」巴特爾斯，倫敦大學學院的研究員這麼說。巴特爾斯檢驗，那些確定自己正在戀愛，並有經過心理測驗結果支持的 11 位女性及 6 位男性受試者。當這些受試者看到他們的愛人的照片時，腦部的掃描有幾個區域亮了起來——這表示血流量較高——比他們看到朋友照片時高。這些「愛情區塊」與感受到一般慾望的時會活躍起來的腦部區域很接近，但並非是同樣的部位。腦部已知有三個較愛情區塊爲大的區域，會在人不高興或沮喪時活躍起來，當受試者望著他們愛人的照片時，這三個較大的區域的活躍性也會降低。

* ***light up*** 點亮；變亮
apparently〔ə'pɛrəntlɪ〕adv. 似乎；看起來
tiny〔'taɪnɪ〕adj. 微小的   bit〔bɪt〕n. 一點點；一小塊
denominator〔dɪ'nɑmə,netɚ〕n. 共同的性質
research〔'risɜtʃ〕n. 研究
fellow〔'fɛlo〕n. 人；傢伙；研究人員
examine〔ɪg'zæmɪn〕v. 檢查   statement〔'stetmənt〕n. 敘述
back up 支持   psychological〔,saɪkə'lɑdʒɪkḷ〕adj. 心理的
subject〔'sʌbdʒɪkt〕n. 受測者   show〔ʃo〕v. 給…看
sweetheart〔'swit,hɑrt〕n. 情人；愛人   scan〔skæn〕n. 掃描
indicate〔'ɪndə,ket〕v. 顯示   spot〔spɑt〕n. 地點；部位
section〔'sɛkʃən〕n. 區域   active〔'æktɪv〕adj. 活躍的
simple〔'sɪmpḷ〕adj. 單純的   lust〔lʌst〕n. 肉慾；性慾
dearest〔'dɪrɪst〕n. 親愛的；心愛的

activity〔æk'tɪvətɪ〕*n.* 活動；活躍

upset〔ʌp'sɛt〕*adj.* 不高興的　　depressed〔dɪ'prɛst〕*adj.* 沮喪的

第二部份：回答問題

問題 1：　你喜歡看哪一種書？

【回答範例 1】　我喜歡看科幻小說。
　　　　　　　我喜歡讀關於太空及未來世界的書。
　　　　　　　它讓我覺得一切都有可能。

　　　　　　　有人覺得科幻稱不上是好的文學作品。
　　　　　　　但我不同意。
　　　　　　　還是有一些很棒的科幻小說。

　　　　＊ fiction〔'fɪkʃən〕*n.*（虛構的）小說
　　　　　science fiction 科幻小說　　space〔spes〕*n.* 太空
　　　　　literature〔'lɪtərətʃə〕*n.* 文學；文學作品
　　　　　disagree〔ˌdɪsə'gri〕*v.* 不同意　novel〔'nɑvḷ〕*n.* 小說

【回答範例 2】　我比較喜歡歷史小說。
　　　　　　　我喜歡回到過去。
　　　　　　　我喜歡感受自己成爲歷史的一部分。

　　　　　　　這些書不僅有趣，還具有教育意義。
　　　　　　　我從中學到很多。
　　　　　　　看一本歷史小說就像上一堂有趣的歷史課。

　　　　＊ historical〔hɪs'tɔrɪkḷ〕*adj.* 歷史的
　　　　　entertaining〔ˌɛntə'tenɪŋ〕*adj.* 有趣的
　　　　　educational〔ˌɛdʒə'keʃənḷ〕*adj.* 教育性的
　　　　　have a ~ lesson 上～課

問題 2：　你有出過國嗎？你去了哪裡？

【回答範例 1】　有，我有出過國。
　　　　　　　我和家人一起去了歐洲。
　　　　　　　我們總共去了四個國家。

那是一趟很棒的旅行。

我們看到了中世紀的城堡和美麗的風景。

我永遠都不會忘記在那裡的時光。

* abroad〔ə'brɔd〕*adv.* 到國外　*go abroad* 出國
  altogether〔ˌɔltə'gɛðə〕*adv.* 總共
  fantastic〔fæn'tæstɪk〕*adj.* 很棒的
  medieval〔ˌmɪdɪ'ivl̩〕*adj.* 中世紀的
  castle〔'kæsl̩〕*n.* 城堡　　scenery〔'sinərɪ〕*n.* 景色

【回答範例2】 沒有，我從來沒有出過國。

我沒有那個時間和經費。

但我計畫等我完成了學業後出國。

我想去澳洲。

我想到大堡礁潛水。

我想去看袋鼠和無尾熊。

* visit〔'vɪzɪt〕*v.* 遊覽
  Australia〔ɔ'streljə〕*n.* 澳洲
  　【比較】Austria〔'ɔstrɪə〕*n.* 奧地利
  dive〔daɪv〕*v.* 潛水　　barrier〔'bærɪə〕*n.* 碉堡；障礙
  reef〔rif〕*n.* 礁石　*the Great Barrier Reef* 大堡礁
  kangaroo〔ˌkæŋgə'ru〕*n.* 袋鼠
  koala〔ko'ɑlə〕*n.* 無尾熊 (= *koala bear*)

問題3： 你最喜歡哪種球類活動？

【回答範例1】 我喜歡籃球。

事實上，我非常熱愛籃球。

我既看球賽也打籃球。

我小學就開始打球。

現在我每個週末都會和我的朋友一起打球。

我們也全部都是 NBA 的超級粉絲。

* crazy〔'krezɪ〕*adj.* 瘋狂的；熱中的；狂熱的
  be crazy about 很喜歡

elementary〔͵ɛlə′mɛntərɪ〕*adj.* 基本的；初等的
elementary school 小學（*= primary school*）
NBA 美國籃球聯賽；美國職籃（*= National Basketball
Association*）　　fan〔fæn〕*n.*（球、書、影、歌）迷

【回答範例 2 】 我喜歡棒球。
棒球季時我總是離不開電視機
我努力不要錯過任何一場比賽。

雖然我不是很會打棒球，但我仍然很喜歡打棒球。
我最喜歡的位置是二壘手。
我正努力精進我的接球和投球技巧。

* glue〔glu〕*n.* 膠水　*v.* 黏著
be glued to 黏住；熱中於
season〔′sizn̩〕*n.*（…的）時期；季節
baseball season 棒球季　　***even though*** 即使
position〔pə′zɪʃən〕*n.* 位置
baseman〔′besmən〕*n.* 內野手；（一、二、三）壘手
work on 致力於　　catch〔kætʃ〕*v.* 接住
throw〔θro〕*v.* 投球

問題 4 ： 你對出國遊學有興趣嗎？

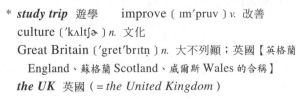

【回答範例 1 】 有的，當然。
誰不會想出國呢？
我認為我去遊學可以學到很多。

我想增進我的英文能力。
我也想了解更多英國的文化。
這就是為什麼英國會是我的第一選擇。

* ***study trip*** 遊學　　improve〔ɪm′pruv〕*v.* 改善
culture〔′kʌltʃə〕*n.* 文化
Great Britain〔′gret′brɪtn̩〕*n.* 大不列顛；英國【英格蘭
England、蘇格蘭 Scotland、威爾斯 Wales 的合稱】
the UK 英國（*= the United Kingdom*）

【回答範例2】 不,我寧願在國內讀書。
我認爲我可以更專心並學到更多。
如果我出國的話,會有太多事物令我分心。

將來有一天我想出國旅遊。
但我想去當遊客而不是學生。
那樣的話,我就可以專心地玩!

* *would rather* + *V.* 寧願 < *than* + *V.* >
concentrate〔'kɑnsn̩,tret〕*v.* 專心 < *on* >
distraction〔dɪ'strækʃən〕*n.* 令人分心的事物
overseas〔'ovɚ'siz〕*adv.* 到國外
someday〔'sʌm,de〕*adv.* 將來有一天
tourist〔'turɪst〕*n.* 遊客　　*have fun* 玩得愉快

問題 5： 你有參加過喜宴嗎?描述一個你的經驗。

【回答範例1】 有的,我參加過幾個喜宴。
最近的一次是參加了我表哥的婚禮。
喜宴在一家五星級飯店舉行。

派對很棒。
那裏有很多很好吃的食物。
甚至還有樂團現場演奏。

* attend〔ə'tɛnd〕*v.* 參加　　wedding〔'wɛdɪŋ〕*n.* 婚禮
reception〔rɪ'sɛpʃən〕*n.* 招待會;宴席
a couple of 幾個;兩個　　recently〔'risn̩tlɪ〕*adv.* 最近
cousin〔'kʌzn̩〕*n.* 表(堂)兄弟姊妹
live〔laɪv〕*adj.* 現場的　　band〔bænd〕*n.* 樂隊;樂團

【回答範例2】 沒有,我從來沒有參加過婚禮。
我是所有同輩中年紀最大的。
每個人都說我會是第一個結婚的。

當我結婚時,我會舉辦一個很棒的婚宴。
我會遵守所有婚禮的傳統。

我會和我的丈夫一起切蛋糕還有丟捧花。

* **_have been to_** 曾經去過　　marry〔'mærɪ〕v. 結婚
　follow〔'falo〕v. 遵守　　tradition〔trə'dɪʃən〕n. 傳統
　bouquet〔bu'ke〕n. 花束；（新娘的）捧花

問題 6： **說明你和一個教過你的老師相處的經驗。**

【回答範例 1】我仍然記得我一年級的老師。
　　　　　她對我很好。
　　　　　她也教了我如何有自信。

　　　　　當我開始上學時，閱讀對我來說很難。
　　　　　她叫我要相信自己的能力。
　　　　　我有做到，所以就成功了。

* grade〔gred〕n. 年級
　confidence〔'kɑnfədəns〕n. 信心；自信
　begin school 開始上學
　believe in 對～有信心；相信～的存在；
　　相信～是好的、是對的

【回答範例 2】我喜歡我在學校裡大多數的老師。
　　　　　但有一個是我無法好好相處的。
　　　　　她總是不聽我們的解釋就責怪我們。

　　　　　有時她東西解釋得太快，讓我無法理解。
　　　　　他說那是我自己的錯。
　　　　　她怪我沒有專心。

* **_get along with_** sb. 與某人相處
　blame〔blem〕v. 責怪 _＜for sth.＞_
　explain〔ɪk'splen〕v. 說明；解釋
　fault〔fɔlt〕n. 過錯　　**_pay attention_** 注意

問題 7： **你的朋友考試不及格並感到十分受挫。說些話使他或
她振作起來？**

【回答範例】 我聽說你的考試結果了。

別太難過。

每個人偶爾都會失敗。

你下次可以考得更好。

就把這想成是一個機會。

從你的錯誤中學習。

* flunk〔flʌŋk〕v.（考試）不及格（= fail）

frustrated〔'frʌstretɪd〕adj. 受挫的

cheer sb. up 使某人振作精神

do better 考得好；表現得更好　【比較】 *do well* 考得好

think of A as B 認爲 A 是 B（= regard A as B）

opportunity〔͵ɑpə'tjunətɪ〕n. 機會

問題 8：　**要如何成爲一個受歡迎的人？**

【回答範例】 要受歡迎很簡單。

你所要做的就是對別人好。

要善良體貼。

也要表現出你對別人感興趣。

問別人關於他們的事。

每個人都喜歡和朋友聊天。

* *All one has to do is V.* 某人所必須做的就是…

treat〔trit〕v. 對待

considerate〔kən'sɪdərɪt〕adj. 體貼的（= thoughtful）

show〔ʃo〕v. 表現；顯示

問題 9：　**珍珠奶茶是台灣最受歡迎的飲料之一。你對珍奶有什麼看法？**

【回答範例 1】 我喜歡珍珠奶茶。

它是我最喜歡的飲料之一。

我很喜歡那個甜甜的味道。

它也很獨特。

它創始於台灣，並拓展至全球。

它是個值得我們驕傲的東西。

* pearl〔pɝl〕n. 珍珠　　***pearl milk tea*** 珍珠奶茶

  taste〔test〕n. 味道

  unique〔ju'nik〕adj. 獨特的；獨一無二的

  spread〔sprɛd〕v. 散播　　***be proud of*** 以～爲榮

【回答範例 2】　我沒有很喜歡。

我覺得它太甜了。

我也不喜歡裡面的珍珠。

我覺得它們沒什麼味道。

而且它們老是卡在吸管中。

它不值得喝。

* ***care for*** 喜歡【用於否定句和疑問句】

  find〔faɪnd〕v. 覺得

  tasteless〔'testlɪs〕adj. 沒味道的

  in one's opinion 依某人之見　　stick〔stɪk〕v. 使卡住

  straw〔strɔ〕n. 吸管；稻草

  worth〔wɝθ〕adj. 值得…的

  worth it 值得的（= *worthwhile*）

問題 10：　介紹一道你最喜歡的菜以及它的料理方式。

【回答範例 1】　我最喜歡的菜餚之一是炒飯。

我很愛的原因是因爲它好吃又很容易做。

你需要的只是煮熟的飯和一些其他的食材。

我會把飯和洋蔥、大蒜，以及一些青菜一起炒。

有時我會加肉、雞蛋，或海鮮。

每次我做的時候都會有不同的變化。

* dish〔dɪʃ〕n. 菜餚

  fried rice 炒飯【炒麵則爲 fried noodles 或 chow mien】

　　　　　　　tasty〔'testɪ〕*adj.* 好吃的；美味的
　　　　　　　ingredient〔ɪn'gridɪənt〕*n.* 材料　　fry〔fraɪ〕*v.* 炒
　　　　　　　together with 連同　　onion〔'ʌnjən〕*n.* 洋蔥
　　　　　　　garlic〔'gɑrlɪk〕*n.* 大蒜　　add〔æd〕*v.* 加
　　　　　　　meat〔mit〕*n.* 肉　　seafood〔'si,fud〕*n.* 海鮮

【回答範例 2】　我最喜歡的一道菜是炸雞。

　　　　　　　但我從來沒有做過。

　　　　　　　通常出去吃的時候都會買。

　　　　　　　但我覺得應該不難做。

　　　　　　　只需要一些雞肉、一些麵衣，以及一些熱油。

　　　　　　　或許我會找時間試試看！

　　　　　* though〔ðo〕*adv.* 不過【置於句中或句尾】
　　　　　 fried chicken 炸雞【fry 可指「煎」、「炒」或「炸」】
　　　　　 batter〔'bætə〕*n.* 麵衣；蛋、麵粉、水或牛奶和成的糊
　　　　　　　 狀物（= *mixture of flour, milk and egg*）【用以調製
　　　　　薄煎餅或油炸食物】　sometime〔'sʌm,taɪm〕*adv.* 某時

第三部份：看圖敘述

　　　　這是間大型明亮而且有大
窗戶的教室，教室前面有塊被
螢幕擋住一部分的黑板。老師
正用 PowerPoint 上課，而螢
幕上有張天氣圖。看起來學生
對她講的內容很感興趣。

　　* uniform〔'junə,fɔrm〕*n.* 制服　　mostly〔'mostlɪ〕*adv.* 大多
　　　lecture〔'lɛktʃə〕*n.* 講課　　***give a lecture*** 講課
　　　chalkboard〔'tʃɔk,bord〕*n.*（淡色的）黑板
　　　front〔frʌnt〕*n.* 前面　　partially〔'pɑrʃəlɪ〕*adv.* 部分地
　　　obscure〔əb'skjur〕*v.* 遮蔽　　screen〔skrin〕*n.* 螢幕
　　　project〔prə'dʒɛkt〕*v.* 投射；投影

全民英語能力分級檢定測驗
中級英語檢定複試測驗 ⑧ 詳解

寫作能力測驗

一、中譯英

　　我心情不好的時候，常常邀朋友去打籃球。打籃球時，我必須專心把球投進籃框。這麼一來，我就可以暫時忘記煩惱。打完球後，我會和朋友談談令我困擾的事情。通常，我會接受他們寶貴的建議，努力使自己再快樂起來。

When I am in a bad mood, I often invite my friends to play basketball. When playing basketball, I have to concentrate on shooting the ball into the basket. In this way, I get to forget my worries for the time being. After playing basketball, I will talk to my friends about what is troubling me. As a rule, I will take their precious advice and try to make myself happy again.

* mood〔 mud 〕n. 心情　　**be in a bad mood** 心情不好
concentrate〔ˈkɑnsn̩ˌtret 〕v. 專心 < on >
shoot〔 ʃut 〕v. 投（球）　　basket〔ˈbæskɪt 〕n. 籃球架的籃
in this way 這麼一來　　**get to V.** 得以～
worry〔ˈwɜɪ 〕n. 擔心　　**for the time being** 暫時
trouble〔ˈtrʌbl̩ 〕v. 困擾　　**as a rule** 通常
take〔 tek 〕v. 聽從　　precious〔ˈprɛʃəs 〕adj. 珍貴的
advice〔 ədˈvaɪs 〕n. 忠告；建議

二、英文作文

A Hospital Visit

A few years ago, my grandmother had to spend some time in the hospital. She had slipped and fallen on a wet floor. *Unfortunately*, she hit her head and the doctors wanted to keep her in the hospital for observation.

When I went to visit my grandma, I knew that she was probably feeling lonely and bored in the hospital. *Therefore*, I brought her some magazines to read and some flowers to make her room look more cheerful. I *also* brought her a framed photo of our entire family. She kept it on her bedside table where she could see it every day. While I was there, I told her all about what I and my younger brother and sisters had been doing. I wanted her to feel like she was still part of our lives.

Fortunately, my grandmother made a complete recovery. I know she didn't like staying in the hospital, but I hope my visit made it a little more bearable for her.

```
* slip〔slɪp〕v. 滑倒      hit〔hɪt〕v. 撞到
  observation〔,ɑbzɚ'veʃən〕n. 觀察
  cheerful〔'tʃɪrfəl〕adj. 令人愉快的；明亮而舒適的
  framed〔fremd〕adj. 裝框的
  entire〔ɪn'taɪr〕adj. 整個的；全部的（= whole）
  bedside〔'bɛd,saɪd〕n. 床邊      complete〔kəm'plit〕adj. 完全的
  recovery〔rɪ'kʌvərɪ〕n. 康復      bearable〔'bɛrəbl〕adj. 可忍受的
```

口說能力測驗

第一部份：朗讀短文

　　寒冷的天氣今天還是會持續，溫度在星期三明顯的上升之前，只會有小幅度的回升，這是地方媒體引述中央氣象局官員的報導。氣象局的官員表示，降雨預計也會持續到星期三，因此警告航海人要注意濃霧。由於本島被冷鋒包圍，昨天是今年特別寒冷的一天。在台北附近的淡水，這個海港城的低溫達到了今年第二冷的攝氏5.3度。台北氣溫也很接近，低溫達到7.2度。

> * slight〔slaɪt〕*adj.* 稍微的　　rise〔raɪz〕*n.* 上升
> ***warm up*** 變溫暖　　noticeably〔'notɪsəblɪ〕*adv.* 明顯地
> local〔'lokḷ〕*adj.* 當地的　　media〔'midɪə〕*n. pl.* 媒體
> cite〔saɪt〕*v.* 引用　　bureau〔'bjʊro〕*n.* 局；處
> official〔ə'fɪʃəl〕*n.* 官員；職員
> ***sea traveler*** 航海人（= *voyager*）　　***watch out for*** 小心
> heavy〔'hɛvɪ〕*adj.* 濃密的　　mist〔mɪst〕*n.* 霧　　***due to*** 由於
> front〔frʌnt〕*n.*【氣象】鋒面　　***cold front*** 冷鋒
> circle〔'sɝkḷ〕*v.* 包圍；籠罩　　hit〔hɪt〕*v.* 達到
> low〔lo〕*n.* 最低紀錄；最低數字　　degree〔dɪ'gri〕*n.* 度
> Celsius〔'sɛlsɪəs〕*adj.* 攝氏的　　harbor〔'hɑrbɚ〕*n.* 港口
> similar〔'sɪmələ〕*adj.* 相似的

＊　　　　　＊　　　　　＊

　　奇幻史詩「魔戒」好像是贏了11個奧斯卡獎還不夠，野心勃勃地想藉由化成一場奢華的舞台劇大出鋒頭，英國的一間報社星期天這樣報導。製作人計劃將橫掃奧斯卡金像獎電影三部曲的最後一部，製成倫敦有史以來最貴的音樂劇，週日電訊報這麼報導。報導指出，我們可以在這個耗資800萬英鎊（1,200萬歐元，1,400萬美金）的作品中的複雜戰爭場景中，看到數十位演員扮成的哈比人、小精靈、巫師，以及怪物。

　*　***as if*** 就好像　　Oscar〔ˋɔskɚ〕n. 奧斯卡獎
　　fantasy〔ˋfæntəsɪ〕n. 幻想；想像
　　epic〔ˋɛpɪk〕n. 史詩；敘事詩　　***Lord of the Rings*** 魔戒
　　ambitiously〔æmˋbɪʃəslɪ〕adv. 野心勃勃地
　　lavish〔ˋlævɪʃ〕adj. 奢華的　　stage〔stedʒ〕n. 舞台
　　musical〔ˋmjuzɪkḷ〕n. 音樂劇　　***turn*** A ***into*** B 把 A 變成 B
　　installment〔ɪnˋstɔlmənt〕n. 一回；一冊
　　sweep the board 贏得所有獎項　　academy〔əˋkædəmɪ〕n. 學院
　　award〔əˋwɔrd〕n. 獎　　***Academy Award*** 奧斯卡金像獎
　　telegraph〔ˋtɛlə͵græf〕n. 電報　　pound〔paʊnd〕n. 英鎊
　　euro〔ˋjʊro〕n. 歐元　　production〔prəˋdʌkʃən〕n. 上演的作品
　　see〔si〕v. 使（某人）做…　　***dozens of*** 數十個
　　portray〔porˋtre〕v. 飾演　　hobbit〔ˋhɑbɪt〕n. 哈比人
　　elf〔ɛlf〕n. 小精靈　　wizard〔ˋwɪzɚd〕n. 巫師
　　orc〔ɔrk〕n. 妖魔　　complex〔kəmˋplɛks〕adj. 複雜的
　　battle〔ˋbætḷ〕n. 戰爭　　scene〔sin〕n. 場景

第二部份：回答問題

　　問題 1：　你有任何打工的經驗嗎？

　【回答範例 1】　有的，去年暑假我有打過工。
　　　　　　　　　我在我們家旁邊的便利商店工作。
　　　　　　　　　我喜歡這個工作，但工作有時候有點無聊。

　　　　　　　　　工作中最棒的地方是同事間的情誼。
　　　　　　　　　身為團隊的一員很有參與的樂趣。
　　　　　　　　　當然還有，有點錢讓我可以運用也是超讚的。

　　　　　*　***part time*** 兼職地【「全職地」則是 full time】
　　　　　　part-time adj. 兼職的　　***convenience store*** 便利商店
　　　　　　a little 有一點　　***at times*** 有時候（= *sometimes*）
　　　　　　co-worker〔ˋko͵wɝkɚ〕n. 同事
　　　　　　fun〔fʌn〕adj. 有趣的　　team〔tim〕n. 團隊
　　　　　　spending money 零用錢

　【回答範例 2】　沒有，我從來沒有打過工。
　　　　　　　　　當我沒有在念書時，我就會放鬆做我喜歡的事。

我也會和我的朋友在一起。

我覺得現在專心在課業上對我來說很重要。
放鬆也很重要，因為它能減輕壓力。
等我畢業後就會有機會工作。

* hobby〔'habɪ〕*n.* 嗜好
hang out 閒混；和～在一起＜*with*＞
school〔skul〕*n.* 學業　　relieve〔rɪ'liv〕*v.* 減輕
stress〔strɛs〕*n.* 壓力　　graduate〔'grædʒʊ͵et〕*v.* 畢業

問題 2：　你喜歡拍照嗎？爲什麼喜歡或爲什麼不喜歡？

【回答範例 1】　是的，我很喜歡拍照。
它是個保存記憶的好方法。
以後我可以看著照片想起那些美好的時光。

攝影也可以是一種藝術。
我喜歡拍風景和人物的照片。
將來有一天我會將那些最好的照片裱框掛在牆上。

* ***take a picture*** 拍照　　preserve〔prɪ'zɜv〕*v.* 保存
memory〔'mɛmərɪ〕*n.* 記憶；回憶
photo〔'foto〕*n.* 照片（＝*photograph*）
photography〔fə'tagɪəfɪ〕*n.* 攝影
landscape〔'læn(d)͵skep〕*n.* 風景框
as well as 以及　　frame〔frem〕*v.* 給…裝框

【回答範例 2】　不，我很少拍照。
我不喜歡隨身帶著相機。
我寧可專注享受當下時刻。

此外，我拍照的技術沒有很好。
我的照片從來沒有拍好過。
我寧可直接買張明信片。

* rarely〔'rɛrlɪ〕*adv.* 很少　　carry〔'kærɪ〕*v.* 攜帶
around〔ə'raʊnd〕*adv.* 到處　　***would rather*** 寧願
turn out～　結果是～；結局是～
postcard〔'post͵kard〕*n.* 明信片

問題 3： 你喜歡長大嗎？為什麼喜歡或為什麼不喜歡？

【回答範例 1】 我很期待長大。

我很喜歡嘗試新東西和面對新挑戰。

我很期待長成大人的一天。

到時候我會有更多責任。

但我確定我有辦法處理好。

我會做自己的決定並面對後果。

* *grow up* 長大　　face〔fes〕*v.* 面對
　challenge〔'tʃælɪndʒ〕*n.* 挑戰
　look forward to + *N./V-ing* 期待
　adult〔ə'dʌlt〕*n.* 成人
　responsibility〔rɪ,spɑnsə'bɪlətɪ〕*n.* 責任
　handle〔'hændl〕*v.* 處理；應付
　decision〔dɪ'sɪʒən〕*n.* 決定
　consequence〔'kɑnsə,kwɛns〕*n.* 後果

【回答範例 2】 長大這件事讓我百感交集。

當小孩很好。

我只需要學習就好。

我的父母會好好照顧我。

我不需要擔心任何事。

我一定會很捨不得離開童年。

* mixed〔mɪkst〕*adj.* 混合的；互相矛盾的
　all one has to do is V. 某人所必須要做的就是…
　leave ~ behind 留下～；遺忘～

問題 4： 你每天是如何去上班或上學？在通勤時你都在做什麼？

【回答範例】 到學校要花我大約半小時的時間。

我從我家附近的公車站搭公車。

公車上人通常不會太多，所以我在途中可以坐著。

在上學的途中我通常會讀完我的筆記。

我也會用我的 mp3 聽音樂。

這讓時間過得很快。

* commute〔kə'mjut〕*n.* 通勤　　stop〔stɑp〕*n.* 停車站
crowded〔'kraʊdɪd〕*adj.* 擁擠的　　trip〔trɪp〕*n.* 行程
on the way to 在～的途中　　***read over*** 讀完
notes〔nots〕*n. pl.* 筆記　　fly〔flaɪ〕*v.* (時間) 飛逝

問題 5： 你有從圖書館借過書嗎？請說明你的經驗。

【回答範例】 是的，我經常從我們附近的圖書館借書。
他們有收藏很多小說以及 DVD。
我喜歡在假日時借書。

如果要借書的話，我必須出示我的借書證。
如此一來我就可以把書留在身邊長達兩週的時間。
我總是準時還書。

* ***check out*** (從圖書館) 借出
collection〔kə'lɛkʃən〕*n.* 收集；收藏
have a good collection of 收藏很多
library card 借書證　　***up to*** 多達；高達
return〔rɪ'tɝn〕*v.* 歸還　　***on time*** 準時

問題 6： 你有偶遇很久沒有見到面的老友的經驗嗎？

【回答範例】 有。有一次我遇到了一個小學同學。
我們有大約三年沒有見到面了。
這真是令人驚訝。

我們決定要敘舊，所以去了一家咖啡廳。
接著我們交換了電話以及電子郵件信箱。
我們有時彼此還會連絡。

* ***run into*** 偶然遇到　　***quite a*** 不尋常的；非凡的
catch up 追趕上 (落後的進度)；敘舊
exchange〔ɪks'tʃendʒ〕*v.* 交換
email〔'i,mel〕*n.* 電子郵件 (= *e-mail*)
communicate〔kən'mjunə,ket〕*v.* 溝通；聯絡
now and then 偶爾；有時候

問題 7： 你會騎腳踏車嗎？

【回答範例】 是的，我會。
我大約六歲的時候學騎腳踏車。
我爸爸教我怎麼騎。

現在我經常在鎮上到處騎腳踏車。
我上學不騎腳踏車，但我去朋友家時就會。
我也會在公園到處騎腳踏車做運動。

問題 8： 你會講台語嗎？你的台語如何？

【回答範例 1】 是的，我會講台語。
我的祖父母常常跟我講台語。
我是聽台語長大的。

我的台語理解力還不錯。
但是有時候要表達自己的意思很困難。
儘管如此，能了解我祖父母的語言是很棒的。

* Taiwanese〔͵taɪwɑ'niz〕n. 台語
comprehension〔͵kɑmprɪ'hɛnʃən〕n. 理解
pretty〔'prɪtɪ〕adv. 相當地
express〔ɪk'sprɛs〕v. 表達
express oneself 表達自己的意思

【回答範例 2】 不，我不大會說台語。
我只懂一點點。
我常常在菜市場聽到台語。

但我不喜歡講台語。
我覺得我的口音聽來很可笑。
我怕別人會笑我。

* *a little bit* 一點點　market〔'mɑrkɪt〕n. 市場
accent〔'æksɛnt〕n. 口音；腔調
funny〔'fʌnɪ〕adj. 好笑的　*laugh at* 嘲笑

問題 9： 你喜歡哪種水果？請舉一些例子。

【回答範例 1】 我喜歡熱帶水果。

幸運的是，在台灣我們有許多熱帶水果。

我們也從東南亞進口很多。

鳳梨、芒果跟楊桃，都是我的最愛。

我喜歡酸酸甜甜的味道。

我希望我一年到頭都能吃得到它們。

* tropical〔ˋtrɑpɪkl̩〕*adj.* 熱帶的
　luckily〔ˋlʌkɪlɪ〕*adv.* 幸運地；幸運的是
　quite a few 很多（= *many*）
　import〔ɪmˋport〕*v.* 進口　　***Southeast Asia*** 東南亞
　pineapple〔ˋpaɪnˌæpl̩〕*n.* 鳳梨
　mango〔ˋmæŋgo〕*n.* 芒果
　starfruit〔ˋstɑrˌfrut〕*n.* 楊桃
　favorite〔ˋfevərɪt〕*n.* 最喜愛的事物或人
　sour〔saʊr〕*adj.* 酸的　　flavor〔ˋflevɚ〕*n.* 味道；口味
　all (the) year round 一整年；一年到頭

【回答範例 2】 我最喜歡的水果是草莓。

我喜歡它的味道，並且它對我也有好處。

它富含維他命 C。

我總是在盛產期吃很多草莓。

我希望它的產期可以長一點。

我希望我可以一直都能吃到草莓。

* strawberry〔ˋstrɔˌbɛrɪ〕*n.* 草莓　　***be high in*** 富含
　vitamin〔ˋvaɪtəmɪn〕*n.* 維他命；維生素
　in season 在盛產期、當季、旺季（↔ *out of season*）
　all the time 一直；總是

　問題 10： 你的房間總是一團亂，還是你都是保持得很整齊？

【回答範例 1】 我的房間通常都很整齊。

我每個週末都會清理房間，讓它常保整潔。

否則，我想我的房間就會變得一團亂。

我喜歡擁有一個整潔的房間。

它讓我一直很有條理。

我可以很快地找到我所需要的每樣東西。

* mess〔mɛs〕*n.* 亂七八糟;凌亂
tidy〔'taɪdɪ〕*adj.* 整齊的;整潔的
neat〔nit〕*adj.* 整齊的　　*in order to V.* 以便於~
otherwise〔'ʌðə‚waɪz〕*adv.* 否則
organized〔'ɔrgən‚aɪzd〕*adj.* 有組織的;有條理的

【回答範例 2】　很遺憾的是,我的房間相當的亂。
我很少把我的東西擺到定位。
經常有衣服和紙張散落各處。

我媽當然會抱怨這個。
我總說我會把它清乾淨,但卻從來沒這麼做。
我想我已經學會忍受髒亂了。

* unfortunately〔ʌn'fɔrtʃənɪtlɪ〕*adv.* 不幸地;遺憾地
rather〔'ræðə〕*adv.* 相當地
messy〔'mɛsɪ〕*adj.* 雜亂的
belong〔bə'lɔŋ〕*v.* 屬於;該在~地方
scatter〔'skætə〕*v.* 散播;散置;亂丟
about〔ə'baʊt〕*adv.* 到處~
complain〔kəm'plen〕*v.* 抱怨
clean up 把…打掃乾淨　　*live with* 忍耐;忍受

第三部份:看圖敘述

捷運列車正停在車站。車廂的門
是開著的,穿著外套的一個男士及一
個女士正在下車。有一小列的人正等
著要上車。當時一定是冬天,因為每
個人都穿著厚重的衣服。背景中有一
個女士正在拍照。

* *stand in line* 排隊　　board〔bord〕*v.* 上(車)(= *get on*)
train〔tren〕*n.* 列車　　exit〔'ɛksɪt ‚'ɛgzɪt〕*v.* 離開
car〔kɑr〕*n.* 車廂　　crowd〔kraʊd〕*n.* 群眾
orderly〔'ɔrdəlɪ〕*adj.* 有秩序的　　stand〔stænd〕*v.* 停著
line〔laɪn〕*n.* 一排;行列　　background〔'bæk‚graʊnd〕*n.* 背景

全民英語能力分級檢定測驗
中級英語檢定複試測驗 ⑨ 詳解

寫作能力測驗

一、中譯英

我們和別人説話時必須謹慎。説話不經考慮，容易導致不希望看到的結果，例如：溝通不良、傷害，或更糟的是，爭吵。友誼破裂常常也是因爲如此。除了慎選我們説的話之外，説話前更應仔細考慮。話一旦説出口，造成的傷害有時候就無法彌補了。

We must be careful when we talk to others. Speaking without thinking tends to bring about undesirable consequences, such as miscommunication, injury, or worst still, quarrels. Friendships have often broken up due to this. Aside from choosing our words well, we should also consider carefully before we speak. Once words are spoken, the harm done can sometimes be irreparable.

 * ***tend to*** 易於；傾向於 ***bring about*** 導致
 undesirable〔ˌʌndɪˈzaɪrəbl̩〕adj. 不宜的；不想要的
 consequences〔ˈkɑnsəˌkwɛnsɪz〕n. pl. 後果；結果
 miscommunication〔ˈmɪsˌkəmjunəˈkeʃən〕n. 錯誤傳達
 injury〔ˈɪndʒərɪ〕n. 傷害 ***worse still*** 更糟的是
 quarrel〔ˈkwɔrəl〕n. 爭吵 ***break up*** 破裂 ***due to*** 由於
 aside from 除了～之外 consider〔kənˈsɪdɚ〕v. 考慮
 irreparable〔ɪˈrɛpərəbl̩〕adj. 不能修復的；無法挽救的

二、英文作文

If I Were a Parent

If I were a parent, I would do everything possible to help my child succeed. This would include arranging all kinds of activities for him or her. I think that extra classes in various subjects could help my child to find out what his or her interests, talents, and strengths are. It would also instill a sense of self-discipline and responsibility. ***But most importantly***, it would help my child to become a well-rounded individual.

However, I also do not want to put too much pressure on my children. ***Therefore***, if my child really disliked a certain discipline, I would not insist that he or she continue studying it. I want my child to find joy in learning as well as success. ***In my opinion***, this is the best way to prepare for the future.

* arrange〔ə'rendʒ〕v. 安排　　extra〔'ɛkstrə〕adj. 額外的
various〔'vɛrɪəs〕adj. 各種的 (= all kinds of)
talent〔'tælənt〕n. 天份　　strength〔strɛŋθ〕n. 長處；優點
instill〔ɪn'stɪl〕v. 逐漸灌輸　　sense〔sɛns〕n. 感覺
discipline〔'dɪsəplɪn〕n. 鍛鍊；紀律；(學問)領域
self-discipline〔ˌsɛlf'dɪsəplɪn〕n. 自我鍛鍊；自律
well-rounded〔'wɛl'raʊndɪd〕adj. 全方位的；通才的
pressure〔'prɛʃɚ〕n. 壓力　　dislike〔dɪs'laɪk〕v. 不喜歡
certain〔'sɝtn̩〕adj. 某種　　insist〔ɪn'sɪst〕v. 堅持
as well as 以及

口説能力測驗

第一部份：朗讀短文

　　數百萬的美國人一年只會吃一兩次火雞。第一次是在十一月的第四個星期四，也就是感恩節。一隻大大的烤火雞是吃美國感恩節大餐的重頭戲。因為火雞是感恩節大餐最常見的主菜，有時候在口語上會把感恩節稱作火雞節。第二次是 12 月 25 日的聖誕節。除了為了這些節日的大餐以外，家庭主婦們很少買火雞。為什麼？因為火雞很大，需要花很多個小時來煮。

* turkey〔'tɝkɪ〕n. 火雞
　Thanksgiving〔ˌθæŋks'gɪvɪŋ〕n. 感恩節（= *Thanksgiving Day*）
　roast〔rost〕v.（用烤箱）烤
　centerpiece〔'sɛntɚˌpis〕n. 最重要的部分；核心
　　（= *focus* = *core* = *heart*）　　meal〔mil〕n. 一餐
　dish〔dɪʃ〕n.（一道）菜　　dinner〔'dɪnɚ〕n. 大餐
　colloquially〔kə'lokwɪəlɪ〕adv. 口語地
　housewife〔'hausˌwaɪf〕n. 家庭主婦　　rarely〔'rɛrlɪ〕adv. 很少
　except for 除了～之外

＊　　　　　＊　　　　　＊

　　史恩・康納萊是曾飾演詹姆士・龐德的明星，他的前妻星期天在澳洲的機場，因為一支發出嗡嗡聲的電動牙刷而引起安全警報。曾和康納萊結婚的黛安・奇倫托告訴國家通訊社澳大利亞聯合新聞社說，她大約週日中午正搭乘維珍航空公司的飛機，要從東邊城市布里斯班到北邊的凱恩斯時，被要求返回航空站。「我被要求下飛機，然後他們拿著我的包包，他們知道我的名字，但他們不敢靠近我的包包，因為包包內正發出很可怕的聲音，」她說。「他們要求我打開，而那個聲音是我的牙刷發出來的。」

* buzz〔bʌz〕v. 發出嗡嗡聲　　electric〔ɪ'lɛktrɪk〕adj. 電動的
　toothbrush〔'tuθˌbrʌʃ〕n. 牙刷　　former〔'fɔrmɚ〕adj. 前任的
　James Bond 詹姆士・龐德【007 電影的男主角】

Sean Connery (ˈʃɔn ˈkɑnərɪ) *n.* 史恩・康納萊
spark (spɑrk) *v.* 引起　　security (sɪˈkjʊrətɪ) *n.* 安全
alert (əˈlɝt) *n.* 警報；警戒
Diane Cilento (daɪˈen sɪˈlɛnto) *n.* 黛安・奇倫托
be married to 和…結婚　　***news agency*** 通訊社
associated (əˈsoʃɪ,etɪd) *adj.* 聯合的
press (prɛs) *n.* 印刷；新聞界　　***Virgin Blue*** 維珍航空公司
due (dju) *adj.* 預定的
Brisbane (ˈbrɪzbən) *n.* 布里斯班【澳洲東部都市，昆士蘭首府】
Cairns (kɛrnz) *n.* 凱恩斯【位於昆士蘭省，大堡礁所在地】
midday (ˈmɪd,de) *n.* 正午；中午
terminal (ˈtɝmənl̩) *n.* (機場) 航空站　　off (ɔf) *prep.* 從…下來

二、回答問題

問題 1：　請介紹一兩個你經常使用的網站。

【回答範例 1】　我常上維基百科的網站。
　　　　　　　它是個線上的百科全書。
　　　　　　　它能幫我快速地找到問題的答案。

　　　　　　　我知道裡面的條目不完全是百分之百正確。
　　　　　　　但是用它來找一般的資料很好用。
　　　　　　　我很愛這個網站，因為它很方便。

　　　　　　　* website (ˈwɛb,saɪt) *n.* 網站
　　　　　　　　frequently (ˈfrikwəntlɪ) *adv.* 經常
　　　　　　　　online (ˈɑn,laɪn) *adj.* 線上的
　　　　　　　　encyclopedia (ɪn,saɪkləˈpidɪə) *n.* 百科全書
　　　　　　　　entry (ˈɛntrɪ) *n.* (字典中的) 字；項目；條目
　　　　　　　　accurate (ˈækjərɪt) *adj.* 正確的
　　　　　　　　general (ˈdʒɛnərəl) *adj.* 一般的

【回答範例 2】　我經常上一個叫「英文俱樂部」的網站。
　　　　　　　它是供英文學習者使用的網站。
　　　　　　　上面有很多很有幫助的訊息。

　　　　　　　我必須註冊成為會員。
　　　　　　　但是服務是免費的。
　　　　　　　這是能讓英文進步的一個簡單又有趣的方法。

　　　　* register〔'rɛdʒɪstə〕*v.* 登記；註冊
　　　　member〔'mɛmbə〕*n.* 會員　　free〔fri〕*adj.* 免費的
　　　　fun〔fʌn〕*adj.* 有趣的
　　　　improve〔ɪm'pruv〕*v.* 改善；使進步

問題 2：　你對於在公共場所大聲講話的人有什麼看法？

【回答範例】　當人們大聲講話時，真的很令我困擾。
　　　　　　　我覺得那很不禮貌。
　　　　　　　這表示他們並不在乎別人。

　　　　　　　他們只在意他們的談話。
　　　　　　　他們並不在意周圍的人。
　　　　　　　他們真的很擾亂安寧。

　　　　* ***public place*** 公共場所　　bother〔'bɑðə〕*v.* 困擾
　　　　impolite〔ˌɪmpə'laɪt〕*adj.* 不禮貌的　　***care about*** 在意
　　　　think of 想到　　***pay attention to*** 注意
　　　　surroundings〔sə'raʊndɪŋz〕*n. pl.* 周圍環境
　　　　disturb〔dɪ'stɜb〕*v.* 打擾；擾亂
　　　　peace〔pis〕*n.* 寧靜

問題 3：　你現在通常都幾點睡覺？

【回答範例】　我最近都試著早點就寢。
　　　　　　　我覺得早睡早起對我有好處。
　　　　　　　充足的睡眠幫助我在上學時能專心。

　　　　　　　所以我通常十點前睡覺。
　　　　　　　我大概七點吃晚餐。
　　　　　　　然後我就看書或看電視到十點。

　　　　* ***these days*** 最近　　***keep early hours*** 早睡早起
　　　　concentrate〔'kɑnsn̩ˌtret〕*v.* 專心　　***turn in*** 睡覺
　　　　by〔baɪ〕*prep.* 在…之前

問題 4：　你是個有效率的人嗎？

【回答範例 1】　是的，我覺得我很有效率。
　　　　　　　　我可以很快地完成我的工作。

我從來沒有遲交過東西。

我也不會浪費時間。
當我坐下來做某件事時，我會一直做，直到完成為止。
我不容易分心。

* efficient〔ə'fɪʃənt〕adj. 有效率的
　fairly〔'fɛrlɪ〕adv. 相當地　　**hand in** 繳交
　work at 研究；從事　　distract〔dɪ'strækt〕v. 使分心

【回答範例 2】我希望我很有效率，但我沒有。
　　　　　　我做事通常要花很多時間。
　　　　　　我想或許是因為我一次想做太多件事。

　　　　　　我應該一次只專注在一個任務上。
　　　　　　那樣一來我就可以避免浪費時間。
　　　　　　這會讓我的生活輕鬆很多。

* **at a time** 一次　　**concentrate on** 專心於
　task〔tæsk〕n. 任務；工作　　**that way** 那樣的話
　avoid〔ə'vɔɪd〕v. 避免　　easy〔'izɪ〕adj. 輕鬆的

**問題 5：請形容一下你們的家庭聚會的情況。那是什麼場所？
誰去參加？你們做了什麼？**

【回答範例 1】我們家就在上禮拜有聚會。
　　　　　　那天是我爸的生日。
　　　　　　我所有的姑姑、叔叔伯伯，和堂兄弟姊妹都來了。

　　　　　　我們一起吃了頓大餐。
　　　　　　媽媽煮了所有爸爸愛吃的菜。
　　　　　　我們吃飯而且聊天，聊了好個幾小時。

* get-together〔'gɛtə,gɛðə〕n. 聚會
　occasion〔ə'keʒən〕n. 場合
　get together 聚會；團聚
　cousin〔'kʌzn̩〕n. 表（堂）兄弟姊妹
　have〔hæv〕v. 吃　　big〔bɪg〕adj. 豐盛的
　dish〔dɪʃ〕n. 菜餚

【回答範例 2】我家當然每次過年都會聚在一起。

我們總是會在我爺爺奶奶家團圓。
他們住在中台灣的一個小村莊。

去年，我所有的親戚都一如往常地聚在那裡。
我們吃了很多好吃的東西。
我們也打了撲克牌。

* gather〔ˈgæðɚ〕v. 聚集　　village〔ˈvɪlɪdʒ〕n. 村莊
  central〔ˈsɛntrəl〕adj. 中央的
  relative〔ˈrɛlətɪv〕n. 親戚　　*as usual* 像往常一樣
  card game 撲克牌遊戲

問題 6： **你上次新年假期做了什麼？**

【回答範例 1】 上個新年假期對我來說很特別。
我們全家第一次出國。
我們去日本一個禮拜。

這對我們來說都是很棒的經驗。
我們嚐了新奇的食物並看到了很棒的風景。
我們還看到了雪！

* abroad〔əˈbrɔd〕adv. 到國外
  for the first time 第一次　　scenery〔ˈsinərɪ〕n. 風景

【回答範例 2】 去年我去了我爺爺奶奶的家。
這是我每年都會做的事。
他們住在台北，所以我不用跑得太遠。

我奶奶煮了一頓好吃的大餐。
我的叔叔和姑姑給我紅包。
我和我的堂哥們玩了很多遊戲。

* travel〔ˈtrævl̩〕v. 旅行；行進；前進
  meal〔mil〕n. 一餐　　*red envelope* 紅包

問題 7： **你有吃過日本料理嗎？你喜歡嗎？**

【回答範例 1】 是的，我有吃過日本料理。
我很喜歡。
我會和我的父母去一間很好的日式餐廳。

我喜歡日本料理，因爲它吃起來很新鮮。
我喜歡壽司和生魚片。
吃日本料理的經驗很特別。

* fresh〔frɛʃ〕adj. 新鮮的　　sushi〔'suʃɪ〕n. 壽司
sashimi〔sɑ'ʃimi〕n. 生魚片

【回答範例 2】　我試過日本料理，但我沒有很喜歡。
我沒有很喜歡海鮮，也很不喜歡壽司。
我就是沒辦法吃生魚！

其他的日式料理是還可以，但不大能填飽肚子。
每次吃完日本料理我都覺得餓。
我想，我比較喜歡更傳統的食物。

* **be fond of** 喜歡　　seafood〔'si,fud〕n. 海鮮
definitely〔'dɛfənɪtlɪ〕adv. 絕對（不）【用於否定句】
raw〔rɔ〕adj. 生的　　filling〔'fɪlɪŋ〕adj. 填飽肚子的
traditional〔trə'dɪʃənḷ〕adj. 傳統的

問題 8：　**你曾經自己解決過困難的問題嗎？請說明你的經驗。**

【回答範例 1】　有。我曾經在一個大城市迷路。
我必須自己找到路。
我不會講他們的語言，所以我沒辦法問任何人。

我用地圖解決這個問題。
我看著路標，直到我知道自己在哪裡。
然後我規劃了一條回飯店的路線。

* solve〔sɑlv〕v. 解決
on one's **own** 自行；獨自（= by oneself）
get lost 迷路　　**by** oneself 獨力；靠自己
sign〔saɪn〕n. 標誌；標示　　**figure out** 了解
plot〔plɑt〕v. 規劃　　route〔rut, raut〕n. 路線

【回答範例 2】　有，但我並沒有很成功地解決它。
它與我的兩個朋友有關。
他們發生了激烈的爭吵。

我試著緩和爭執。

我試著讓他們和好。

可是我失敗了，後來那兩個人都在生我的氣！

* involve〔ɪn'vɑlv〕v. 包含；牽涉；和…有關
  serious〔'sɪrɪəs〕adj. 嚴重的
  argument〔'ɑrgjəmənt〕n. 爭論
  smooth〔smuð〕v. 紓解；緩和 < over >
  make up 和好

問題 9： **一提到送禮，人們總是說心意最重要。請說明你**
曾送給別人的一份特別的禮物。

【回答範例 1】我一直覺得要想該送給媽媽什麼禮物很困難。

我買不起她喜歡的東西。

所以母親節時我決定給她時間。

我給了她一張禮券。

它價值十個小時。

我答應幫她做十個小時的家事。

* **when it comes to + N/V-ing** 一提到～
  count〔kaʊnt〕v. 重要
  it is the thought that counts 心意最重要
  find〔faɪnd〕v. 覺得　　hard〔hɑrd〕adj. 困難的
  afford〔ə'fɔrd〕v. 負擔得起
  certificate〔sə'tɪfəkɪt〕n. 證書　　**gift certificate** 禮券
  worth〔wɜθ〕adj. 有…價值的
  chores〔tʃorz〕n. pl. 雜事；家事

【回答範例 2】我的一位朋友在收集火車模型。

他非常投入他的嗜好。

我知道他找某一輛特殊的火車找了很久。

有一天，當我和我的家人在別的城鎮時，我看到它了。

我馬上把它買了下來，然後一直保存到他的生日。

當我拿給他時，他非常的興奮。

* model〔'mɑdl〕adj. 模型的
  into〔'ɪntu〕prep. 熱中…的　　hobby〔'hɑbɪ〕n. 嗜好
  particular〔pə'tɪkjələ〕adj. 特定的
  for a while 一陣子　　thrilled〔θrɪld〕adj. 興奮的

問題 10： **你會每天上網嗎？你會做什麼？**

【回答範例 1】 不，我沒有每天上網。

我沒有我自己的電腦，所以並沒有那麼方便。

我會在客廳用我們家的電腦。

我父母不允許我在電腦上玩遊戲。

所以我通常用網路做作業。

我也會發電子郵件給我朋友。

* ***get on the Internet*** 上網 (= *use the Internet*)
  allow〔əˋlaʊ〕*v.* 允許
  email〔ˋiˏmel〕*n.* 電子郵件 (= *e-mail*)

【回答範例 2】 是的，我每天都會上網。

那是我的例行公事。

查看電子郵件是我每天早上會做的第一件事。

我也會用網路來做研究。

這讓我做功課變得容易很多。

最後一點，我用它來和我的朋友聊天。

* ***It's part of …*** 是…的一部份 (= *It's a part of …*)
  routine〔ruˋtin〕*n.* 例行公事
  the Net 網際網路 (= *the Internet*)
  research〔ˋrisɝtʃ , rɪˋsɝtʃ〕*n.* 研究
  last〔læst〕*adv.*【作爲總結】最後　　　chat〔tʃæt〕*v.* 聊天

三、看圖敘述

街上擠滿了人。他們頭上以及道
路兩旁有很多霓虹燈招牌。右邊有一
個小販正在賣食物。在中間有一個男
士跟一個女士走路時手牽著手。看起
來每個人似乎都很愉快。

* busy〔ˋbɪzɪ〕*adj.* 熱鬧的　　pedestrian〔pəˋdɛstrɪən〕*n.* 行人
  night market 夜市　　***be crowded with*** 擠滿了
  neon〔ˋniɑn〕*n.* 氖【一種稀有氣體，符號爲 Ne】；霓虹燈
  sign〔saɪn〕*n.* 招牌　　vendor〔ˋvɛndɚ〕*n.* 小販
  hold hands 牽手　　***have a good time*** 玩得愉快

全民英語能力分級檢定測驗

中級英語檢定複試測驗⑩詳解

寫作能力測驗

一、中譯英

　　我最喜歡的活動之一是放風箏。放學後，只要天氣好，我就會跑到公園裡去放風箏。有一次我想試試看自己的風箏到底能飛多高。我綁了一捲又一捲的線，風箏果然飛得越來越高。風箏高到我都快看不見了。收回風箏之後，我花了一整個晚上在捲那些線。

　　One of my favorite activities is kite flying. After school, if the weather is nice, I will run to the park and fly my kite. Once I tried to see how high my kite could fly. I kept tying one roll of string after another and the kite flew higher and higher. It went so high that I could barely see it. After I brought the kite back down, I spent the whole night rolling up the string.

> * kite〔kaɪt〕*n.* 風箏　　***kite flying*** 放風箏
> ***fly a kite*** 放風箏　　tie〔taɪ〕*v.* 綁
> roll〔rol〕*n.* 一捲　　string〔strɪŋ〕*n.*（風箏的）線
> flew〔flu〕*v.* 飛（fly 的過去式，三態變化：fly-flew-flown）
> go〔go〕*v.* 移動　　barely〔'bɛrlɪ〕*adv.* 幾乎不
> whole〔hol〕*adj.* 整個　　***roll up*** 捲起

二、英文作文

Learning from a Mistake

It is true that we can learn a lot from our mistakes. *In fact*, it is my opinion that mistakes are the best teachers. *That is because* our mistakes have real consequences. *Therefore*, we remember them much better than the advice that others give us for what "might" happen.

For example, I used to play video games a lot when I was an elementary school student. When I began junior high school, my father warned me that I would have to work harder at my studies and give up my games. But I did not listen to him. I thought that I could do both things. *Of course*, I was wrong and I failed my first exams.

I learned much more from my failure than I would have if my father had simply taken my computer away. I *not only* learned that I had to devote more time to my studies, *but also* that I should listen to the advice of my father!

```
* consequence (ˈkɑnsəˌkwɛns ) n. 結果;後果
  advice ( ədˈvaɪs ) n. 勸告;忠告    used to 以前
  video games 電玩    a lot 常常
  elementary (ˌɛləˈmɛntərɪ ) adj. 基本的;初等的
  elementary school 小學
  begin junior high school 開始上國中
  studies (ˈstʌdɪz ) n. pl. 學業    give up 放棄
  fail ( fel ) v. ( 考試 ) 不及格    failure (ˈfeljɚ ) n. 失敗
  devote ( dɪˈvot ) v. 奉獻;花費 < to >
```

口說能力測驗

第一部份：朗讀短文

　　櫻花和山茶花最近在台北北部開始開花了，這很清楚地顯示，陽明山的花季以及許多相關活動即將展開。民眾被邀請到陽明山賞花。山茶花展包含不同品種的山茶花的展覽，以及用取自山茶花植物的乾燥材料做成的壓花藝術作品的展覽。

　　* cherry〔'tʃɛrɪ〕 n. 櫻桃；櫻桃樹
　　blossom〔'blɑsəm〕 n. 花　 v. 開花
　　cherry blossom 櫻花
　　camellia〔kə'mɪlɪə〕 n. 山茶花
　　indication〔ˌɪndə'keʃən〕 n. 顯示；跡象
　　season〔'sizn〕 n. 時期；季節　　*flower season* 花季
　　related〔rɪ'letɪd〕 adj. 相關的　　*on the way* 在途中；接近中
　　the (general) public 大衆；民衆　　show〔ʃo〕 n. 展示會
　　consist of 由～組成；包含　　exhibition〔ˌɛksə'bɪʃən〕 n. 展覽
　　various〔'vɛrɪəs〕 adj. 各種的；各式各樣的
　　strain〔stren〕 n. 品種　　display〔dɪ'sple〕 n. 展示
　　press〔prɛs〕 v. 壓　　painting〔'pentɪŋ〕 n. 畫作
　　create〔krɪ'et〕 v. 創造　　material〔mə'tɪrɪəl〕 n. 材料

＊　　　　　＊　　　　　＊

　　小孩幾乎無法從電視上學到任何東西，他們看越多電視，他們記住的就越少。他們把看電視視為純粹的娛樂，並且不喜歡需要注意力的節目，並且對於有人會把電視這種媒體看得很認眞感到困惑。他們一點也不會因為節目而興奮，而是對這整個東西感到有些無聊。這是一個關於小孩和電視的新的研究所得出的主要結論。作者也讚賞現代的小孩是忠實的觀衆。研究顯示，這和較晚看電視並沒有多大的關連。然而，超過三分之一的小孩，經常在九點過後看他們最喜歡的節目。所有的11歲小孩都有在半夜後看過節目。

＊「the ＋比較級…the ＋比較級」表「越…就越…」。

regard A as B 視 A 爲 B　　purely〔'pjʊrlɪ〕*adv.* 純粹地；全然

entertainment〔,ɛntə'tɛnmənt〕*n.* 娛樂

demand〔dɪ'mænd〕*v.* 需要

attention〔ə'tɛnʃən〕*n.* 注意；專注

bewildered〔bɪ'wɪldəd〕*adj.* 困惑的

take *sth.* ***seriously*** 認眞看待某事　　medium〔'midɪəm〕*n.* 媒體

far from 絕非　　overexcited〔'ovɚɪk'saɪtɪd〕*adj.* 過份興奮的

mildly〔'maɪldlɪ〕*adv.* 溫和地；稍微

conclusion〔kən'kluʒən〕*n.* 結論

confirm〔kən'fɝm〕*v.* 證實；確認

devoted〔dɪ'votɪd〕*adj.* 忠實的　　viewer〔'vjuɚ〕*n.* 觀眾

study〔'stʌdɪ〕*n.* 研究　　suggest〔səg'dʒɛst〕*v.* 顯示

point〔pɔɪnt〕*n.* 意義；作用　　***later hours*** 稍晚的時間

a third of 三分之一　　regularly〔'rɛgjələlɪ〕*adv.* 定期地

midnight〔'mɪd,naɪt〕*n.* 半夜

二、回答問題

　　　問題 1：　你曾經幫助過街上的乞丐嗎？爲什麼有或爲什麼沒有？

【回答範例 1】　有，我有時候會給乞丐一些錢。

　　　　　　　　我很同情他們。

　　　　　　　　我想要幫忙。

　　　　　　　　老實說，這對我來說並不是太多錢。

　　　　　　　　這只是多餘的零錢。

　　　　　　　　但這可能可以幫助他們吃一天的飯。

　　　　　　＊ beggar〔'bɛgɚ〕*n.* 乞丐　　***feel sorry for*** 同情

　　　　　　　 to be honest 老實說　　spare〔spɛr〕*adj.* 多餘的

　　　　　　　 change〔tʃendʒ〕*n.* 零錢

【回答範例 2】　不，我從來不給乞丐錢。

　　　　　　　　我認爲這是在鼓勵行乞。

　　　　　　　　人要學會幫助自己。

這並不代表我不同情他們。

我很樂意幫忙，但是是以一種不同的方式。

我比較喜歡支持教育，並為窮人擬定計劃。

* encourage〔ɪnˋkɝɪdʒ〕v. 鼓勵　　pity〔ˋpɪtɪ〕v. 同情
  willing〔ˋwɪlɪŋ〕adj. 願意的　　work〔wɝk〕v. 擬定
  program〔ˋprogræm〕n. 計畫；方案
  the poor 窮人（= *poor people*）

問題 2： **你信仰什麼宗教？你是佛教徒或是基督教徒或是其他的宗教？**

【回答範例】 我是個基督徒，而我的兄弟姐妹也是。

然而，我們的父母以及祖父母都是佛教徒。

我覺得那是因為我們被送去唸基督教小學。

在那裏，我們學到了很多關於這個宗教的事。

我們接受它似乎是很自然的。

我們的父母並不介意，並且支持我們的決定。

* religion〔rɪˋlɪdʒən〕n. 宗教
  Buddhist〔ˋbudɪst〕n. 佛教徒
  Christian〔ˋkrɪstʃən〕n. 基督教徒
  adopt〔əˋdɑpt〕v. 採用；採納
  mind〔maɪnd〕v. 介意

問題 3： **當你在外面吃飯時，你是用自己的筷子或是免洗筷？**

【回答範例】 我會用餐廳的筷子。

有時它們是需要洗的普通筷子。

但大多數時候它們是免洗筷。

我知道用免洗筷並不環保，但很方便。

帶著我的筷子到每個地方真的很麻煩。

我也必須每天晚上都要記得洗它們。

* ***eat out*** 外出吃飯　　chopsticks〔ˋtʃɑpˌstɪks〕n. pl. 筷子

disposable〔dɪ'spozəbl̩〕*adj.* 用完即丟的
average〔'ævərɪdʒ〕*adj.* 一般的;普通的
need + V-ing 需要被~(*= need to be p.p.*)
time〔taɪm〕*n.* 次數
environmentally friendly 環保的

問題 4: **你經常在家吃飯嗎?為什麼有或為什麼沒有?**

【回答範例 1】 是的,我經常在家吃飯。
我住在學校附近,所以要回家吃晚飯很方便。
此外,我媽很會做菜!

但比起食物,我更享受的是家庭時間。
我們會圍著桌子坐,邊吃飯邊講話。
這樣我們就能了解彼此的生活發生了什麼事。

* cook〔kʊk〕*n.* 廚師　　***be a great cook*** 很會做菜
this way 這樣一來　　***keep up with*** 跟上;熟悉;了解
go on 發生

【回答範例 2】 不,我很少在家吃飯。
我太忙,以致於沒辦法回家吃飯。
放學後我會和同學一起很快地吃點東西。

然後我們便出發前往補習班。
我從來沒有在十點以前回到家。
我和家人在一起的時間只有週末。

* rarely〔'rɛrlɪ〕*adv.* 很少　　grab〔græb〕*v.* 抓住
bite〔baɪt〕*n.* 咬一口;食物　　***grab a bite*** 吃點東西
head off 出發　　***cram school*** 補習班
never…until 每次都直到~才…
　　【*not…until* 直到~才…】

問題 5: **你有吃消夜的習慣嗎?**

【回答範例】 有,我晚上經常吃消夜。

在我讀書或看電視時，我喜歡咀嚼東西。
這讓讀書更有趣！

聽說這是個壞習慣。
我知道這或許不大健康，但它很難抗拒。
幸好我經常運動，所以可以消耗掉多餘的卡路里。

* snack〔snæk〕*n.* 點心
munch〔mʌntʃ〕*v.* 出聲地咀嚼 < *on* >
fun〔fʌn〕*adj.* 有趣的　　healthy〔ˈhɛlθɪ〕*adj.* 健康的
resist〔rɪˈzɪst〕*v.* 抵抗；抗拒
luckily〔ˈlʌkɪlɪ〕*adv.* 幸運地；幸好
burn off 燒掉；消耗　　calorie〔ˈkælərɪ〕*n.* 卡路里

問題 6：　你的一位朋友邀請你去逛街瀏覽櫥窗，但你不想去。
你會說什麼來拒絕這個邀請？

【回答範例】　謝謝你的邀請。

我很想和你相處一段時間，但我真的不想逛街瀏覽
櫥窗。
我不喜歡看我買不起的東西。

況且，星期天人總是很多。
我們何不做其他的事呢？
吃點東西或是去看場電影如何？

* **go window-shopping** 去逛街瀏覽櫥窗
decline〔dɪˈklaɪn〕*v.* 拒絕
spend〔spɛnd〕*v.* 度過（時間）
feel like + V-ing 想要～
afford〔əˈford〕*v.* 負擔得起
crowded〔ˈkraʊdɪd〕*adj.* 擁擠的
How about ～?　～如何？　　**get a bite** 吃點東西

問題 7：　如果你是位家長，你會送你學齡前的小孩到雙語
幼稚園嗎？

【回答範例 1】 會,我會送我的孩子到雙語幼稚園。
我認為這會是個很棒的機會。
那個年齡的孩子可以很快地學會一種新語言。

此外,它真的可以幫助我的小孩的發音。
這在未來會產生很大的差別。
這會給他或她一個真正的優勢。

* preschool〔pri'skul〕*adj.* 學齡前的
bilingual〔baɪ'lɪŋgwəl〕*adj.* 雙語的
kindergarten〔'kɪndə,gɑrtn̩〕*n.* 幼稚園
pick up 學會　　pretty〔'prɪtɪ〕*adv.* 相當地
pronunciation〔prə,nʌnsɪ'eʃən〕*n.* 發音
make a difference 有差別;有影響
advantage〔əd'væntɪdʒ〕*n.* 優點;優勢

【回答範例 2】 不,我絕不會送我的小孩去雙語幼稚園。
我覺得幼稚園的小孩太小了,無法學習。
他們應該花時間玩以及學會社交。

要學習另一種語言會讓他們有壓力。
此外,他們可能會將兩種語言搞混。
最重要的是,我覺得未來還有多的時間可以學習。

* socialize〔'soʃə,laɪz〕*v.* 社交;交際
pressure〔'prɛʃə〕*n.* 壓力
put pressure on 對~施加壓力
confused〔kən'fjuzd〕*adj.* 混淆的
most of all 最重要的是（= *most important of all*）
plenty of 很多的

問題 8:　**你認為你自己是一個喜歡接近人群的人嗎?為什麼
是或為什麼不是?**

【回答範例 1】 是的,我是個喜歡接近人群的人。
我通常能跟其他人相處融洽。

我喜歡和他們講話，而且我覺得他們也喜歡我。

我擅長說服別人。
我覺得我很適合需要有人際關係技巧的工作。
也許我會從事業務工作，或是成為一為優秀的管理者。

* *people person* 喜歡接近人群的人；善交際的人
  get along with sb. 與某人和諧相處
  be good at 擅長　　persuade〔pəˋswed〕*v.* 說服
  require〔rɪˋkwaɪr〕*v.* 需要
  people skills 人際關係技巧　　*go into* 進入；從事

【回答範例 2】 不，我不認為自己是個善於交際的人。
我常常覺得要理解他人很難。
我不明白他們為什麼會做他們做的事。

當我必須和別人合作時，這有時會對我造成困難。
我覺得我太獨立了。
也許我會成為一位科學家或是作家。

* consider〔kənˋsɪdɚ〕*v.* 認為　　find〔faɪnd〕*v.* 覺得
  figure out 了解　　*cause sb. ~* 給某人帶來 ~
  work with 和 ~ 合作
  independent〔͵ɪndɪˋpɛndənt〕*adj.* 獨立的

問題 9： 你有銀行帳戶嗎？你有儲蓄的習慣嗎？

【回答範例】 有，從我唸國中時我就有銀行帳戶了。
我父母幫我開戶。
他們要我學會理財。

一開始我把別人送我的錢存進去。
我總是在農曆新年過後存一大筆錢！
現在我試著每個月都存一點零用錢。

* account〔əˋkaunt〕*n.* 帳戶　　save〔sev〕*v.* 存（錢）
  open an account 開戶

handle〔'hændḷ〕v. 處理；應付　　*at first* 起初
put in 存（錢）　　deposit〔dɪ'pɑzɪt〕n. 存款
Lunar New Year 農曆新年　　*pocket money* 零用錢

問題 10： **有過和小嬰兒相處的經驗嗎？**

【回答範例】 有，我曾照顧過我姊姊的嬰兒幾次。

現在他將近兩歲了，但他還是嬰兒時，我的姐姐經常
要我幫她。

起初我很緊張，但後來我就習慣了。

照顧小嬰兒是很重大的責任。

他們凡事都要依賴大人！

我覺得我從這個經驗中學到很多。

* *take care of* 照顧　　nearly〔'nɪrlɪ〕adv. 將近
infant〔'ɪnfənt〕n. 嬰兒　　nervous〔'nɝvəs〕adj. 緊張的
get used to + *N/V-ing* 習慣於～
responsibility〔rɪˌspɑnsə'bɪlətɪ〕n. 責任
depend on 依賴　　adult〔ə'dʌlt〕n. 成人

第三部份：看圖敘述

有好幾個男孩排隊準備要跳入游泳池
中。其他的已經在水裡面。那些男孩都戴
著泳帽跟蛙鏡。他們的老師站在游泳池旁
邊幫一位游泳者調整蛙鏡。背景中有幾張
白色的椅子，有個男孩正在那裏等著。

* coach〔kotʃ〕n. 教練　　*line up* 排隊
dive〔daɪv〕v. 跳水　　pool〔pul〕n. 游泳池（= *swimming pool*）
cap〔kæp〕n. 帽子；泳帽
goggles〔'gɑgḷz〕n. pl. 護目鏡；蛙鏡
beside〔bɪ'saɪd〕prep. 在～旁邊　　adjust〔ə'dʒʌst〕v. 調整
background〔'bæk,graʊnd〕n. 背景